«... Versprich mir, mein Engel, daß du aufpaßt!»

Cheryl zuckte mit den Schultern. «Aber ja doch! Ich fahre nach Brüssel zu einem Friseurlehrgang, nicht um in eine Sekte einzutreten!»

«Also gut ... hier ist die Adresse von meinem Vetter, wenn du Probleme hast, kannst du zu ihm gehen ...»

Pascale Fonteneau

PULP und die Waffen der Frauen

Deutsch von Beate Thill

WUNDERLICH TASCHENBUCH

Deutsche Erstausgabe
Veröffentlicht im
Rowohlt Taschenbuch Verlag GmbH,
Reinbek bei Hamburg, August 1999

Redaktion Juliane Kraus
Umschlaggestaltung Tandem Design
(Illustration Miles Hyman © Baleine)
Reihentypografie Karen Kollmetz & Daniel Sauthoff

Satz Bodoni PostScript (PageOne)
Gesamtherstellung Clausen & Bosse, Leck
Printed in Germany
ISBN 3 499 26172 3

1

VICTOR SERGE meinte: ***Schon in den Armeen des Altertums war die Dezimierung die klassische Methode, den Gehorsam der Truppen zu sichern.***

Selbstverständlich war sich der Mann, der rannte, keineswegs bewußt, daß sein Tod irgendwie von Nutzen sein konnte. Auch wenn er es geahnt hätte, wäre er wahrscheinlich nicht stehengeblieben, um geduldig auf seine Verfolger zu warten. Er war sich nicht einmal sicher, ob ihn jemand verfolgte, aber im Moment gab ihm sein Instinkt ein, daß er schneller laufen mußte. Sein Unbehagen hatte angefangen, als in der Metro zwei Männer eingestiegen waren, die aus dem vorderen Waggon kamen. Es hatte ihn zunächst nicht überrascht, er hatte seinen Fahrschein gesucht, da er überzeugt war, daß es sich um Kontrolleure in Zivil handelte. Aber die beiden Männer, von denen einer einen dunklen Trenchcoat trug, hatten niemanden nach seinem Fahrschein gefragt, sie hatten die anderen Passagiere eher zerstreut gemustert, erst auf ihn hatten sie dann so intensiv gestarrt, daß er schnell wegschaute. Die beiden Männer hatten ein paar Worte getauscht, dann nichts mehr, und das Schaukeln der Metro wurde ihm unangenehm, während eine unheilsame Beklemmung sich seiner Brust bemächtigte und allmählich die Kommandozentrale seines Gehirns erreichte. Er versuchte sich selbst zur Vernunft zu bringen, er hatte sich wirklich nichts zuschulden kommen lassen. Noch gestern hatte er beim Pater-Abbé eine lange Beichte abgelegt, und nichts von dem, was er seither getan hatte, gab Anlaß für dieses plötzliche Auftauchen der Engel des Bösen. Er hatte mehrmals inbrünstig darum gebetet, daß sie weggehen sollten, aber offenbar mußte er heute an seiner Wahrhaftigkeit zweifeln. Die Tatsache, daß seine Gebete sie nicht zum Verschwinden gebracht hatten, bewies, daß sein Glaube noch nicht stark genug war, und dies betrübte ihn. Zu Hause würde er sich sofort eine achtstündige Buße auferlegen und danach dem Pater-Abbé seine persönliche Niederlage eingestehen. Falls die Engel des Bösen ihn bis dahin nicht vernichtet hätten.

Er stieg aus und war sofort überzeugt, daß sie ihm auf den Fersen waren. Er wagte es zuerst nicht, der Angst nachzugeben, aber sein menschlicher Instinkt drängte ihn am Ende dazu, sich umzudrehen: Sie sind tatsächlich hinter ihm, der Mann mit dem dunklen Trenchcoat und der andere, der einen kleinen braunen Koffer trägt. Sie drehen sich ebenfalls um. Und als er losrennt, hört er, wie auch die Schritte der beiden schneller werden. Der Gejagte vergißt allmählich die Gewißheiten des Glaubens, ist nur noch ein Zombie des Schreckens. Er rennt immer schneller, in der Hoffnung, seine Jugend und seine Entschlossenheit reichen aus, um die Verfolger abzuhängen.

Er hat schlicht keine Ahnung von professionellen Schergen. Völlig eins mit ihren durchtrainierten

Körpern, haben sie – im Gegensatz zu dem Mann, den sie ermorden sollen – zudem den Vorteil völlig klarer Entschlossenheit. Sie lassen sich in keinem Augenblick von Angst oder Gefühlen leiten. Nachdem sie durch mehrere verlassene Flure und einige Treppen hinauf gerannt sind, hören sie jetzt deutlich den kurzen Atem des Mannes vor ihnen und erkennen an seinem Gang, daß er am Ende seiner Kräfte ist. Mit letzter Anstrengung hastet er dem Eingang des Fernbahnhofs direkt neben der Station Schuman zu, vielleicht in der Hoffnung, dort Hilfe zu finden, aber als er die Plattform erreicht, ist keiner da. Alles ist völlig leer. Die wenigen Fahrgäste der späten U-Bahn, die mit den drei eben ausgestiegen sind, haben sich in alle Richtungen zerstreut. Jetzt schreiten die Mörder zur Tat. Sie packen den Mann am Ende des Bahnsteigs in dem Moment, als er auf die Gleise springen will. Der Täter im Trenchcoat nimmt ihn in den Schwitzkasten, während der andere den braunen Koffer öffnet, einen Plastikkanister herausholt und auf das künftige Opfer zugeht, dessen schreckgeweitete Augen jetzt nichts Menschliches mehr haben. Sein ganzer Körper kämpft aussichtslos gegen die Kraft dessen an, der ihn festhält. Als sein Fuß hart an ein Schienbein stößt, glimmt wieder ein Fünkchen Hoffnung, das erstickt wird von einem Schlag in seinen Nacken. Die beiden Mörder handeln jetzt rasch, lassen ihr bewußtloses Opfer zu Boden fallen und besprenkeln es mit dem Benzin aus dem Plastikkanister. Bevor sie es anzünden, schreiben sie auf die Wand des Bahnhofs noch einen Text, den sie wenige Stunden zuvor auswendig gelernt haben: «Die Erlösung hat einen Preis – Gott braucht unsere Seelen», und malen zehn Kreuze darum herum. Erst dann schüttet der Mann im dunklen Trenchcoat den Rest Benzin aus und wirft ein Streichholz auf den Körper, der sich krümmt und noch einige Sekunden zappelt. Kurz bevor er auf die Gleise hinabsteigt, um schon einige Meter weiter wieder auf die Straße zu gelangen, hat er den Eindruck, die brennende Gestalt würde sich erheben und eine Hand gegen ihn ausstrecken. Aber es macht nur den Eindruck. Sowieso wäre sehr viel mehr erforderlich, um in ihm so etwas wie Gewissensbisse auszulösen.

Während Mario durch den Spalt in der Tür beobachtete, wie die Mörder sich davonmachten, dachte er: «Verdammt, die menschliche Natur ist doch wirklich unergründlich.» Darauf nahm er die fünfzig Meter Dreiphasenkabel und verschwand aus dem Verschlag, in den er gekrochen war, um Elektromaterial zu klauen.

2

VICTOR SERGE meinte: ***Ein Kämpfer sollte nur soviel wissen wie nötig, oft ist es gefährlich, mehr zu wissen.***

Wenn man die Männer am Morgen schlafen sieht, fragt man sich mit einigem Recht, woher sie die Überzeugung nehmen, sie als einzige könnten die Menschheit retten. Aber Cheryl wußte, warum sich die Frauen nur hinter dem Rücken der Männer trauten, die Mienen zu verziehen: die Liebe, immer die Liebe! Das gleiche Gefühl, das sie jetzt die rosa

Decke über den runden weißen Hintern ihres Geliebten Gabriel ziehen ließ. Wenn sie sich nicht schon die Haare hochgesteckt hätte, würde sie ihn vielleicht sogar wecken, aber so begnügte sie sich damit, ihm mit spitzen Lippen einen Kuß hinzuhauchen. Als sie noch mal kurz ins Badezimmer ging, zog sie sich ein Strähnchen in die Stirn und zwirbelte es mit den Fingernägeln. Eine kleine Nachlässigkeit an einer aufwendigen Frisur, das war die Kunst. Wie der Strich mit dem Rotstift um die Lippen: Wenn er gut gezogen war, wirkte er erhaben, sonst nur lächerlich ... Vor dem Spiegel glättete Cheryl noch eine Wimper, bevor sie einen Schritt zurücktrat zur Gesamtansicht, und, ganz ehrlich, selbst ihr kritischer, professioneller Blick fand nichts auszusetzen. Einwandfrei. Im Flur schlüpfte sie in ihren dreiviertellangen Mantel und zog den Gürtel fest zu, um ihre schmale Taille zu betonen, dann verließ sie, die Reisetasche in der Hand, die Wohnung. Sie hatte keinen Blick für den Küchentisch, auf den Gabriel seine Lederjacke geschmissen hatte, eigentlich hätte sie ihm dort eine Nachricht hinlegen können. Wenn Gabriel dies bei einem seiner zahlreichen Abschiede einmal getan hätte, wäre sie jetzt vielleicht auch auf die Idee gekommen, aber sie waren es gewohnt, einander still und heimlich zu verlassen. Die Liebe war kein Ding, das man auf einem Küchentisch liegenließ, sie war ein Gefühl, das man sehen und berühren mußte, um seine Echtheit zu spüren. Jedenfalls war das Cheryls Meinung, sie war eben ziemlich romantisch geblieben. Dafür hatte sie auf der Theke von *Cheryl Coiffure* unten im Erdgeschoß einen ganzen Roman für Mireille und Valerie hinterlassen. Es kam nicht in Frage, daß sie alle Haare im Viertel verhunzten, während sie weg war. Natürlich wußte sie, daß sie übertrieb, aber schließlich war sie die Chefin ... Während sie die Rue Popincourt hinaufging, winkte sie einigen Bekannten zu, denen sie begegnete, aber sie vermied es stehenzubleiben. Es war schon Viertel vor neun, wenn sie noch länger trödelte, würde sie nicht mehr frühstükken können oder, noch schlimmer, ihren Zug verpassen. Cheryl schauderte vor dieser Verkettung von Widrigkeiten, ohne Grund, denn schon war sie an der Tür des Restaurants *Au Pied de Porc à la Sainte-Scolasse*, ihrem zweiten Zuhause. Bevor sie hineinging, strich sie ihren Mantel glatt und reckte ihre ein Meter siebenundsiebzig, um ihre siebenundfünfzig Kilo richtig zur Geltung zu bringen. Dann erst öffnete sie die Tür, mit geschürzten Lippen, in Erwartung des bewundernden Aufheulens, das Gérard unweigerlich ausstoßen würde, der sie wie eine Tochter liebte, aber ... da war nichts.

Überhaupt nichts. Kein Seufzer, kein Wort, kein Pfiff. Nichts.

Da schob Cheryl ihre kleine getönte Brille hoch und ging einen Schritt weiter:

«Guten Morgen!»

Gérard hinter der Bar begrüßte sie mit einem undeutlichen «Na, wie geht's, meine Schöne?», ohne den Bauch einzuziehen oder seinen Schnurrbart glattzustreichen. Und als sie ihn umarmte, kniff er sie nicht einmal in die Wange. Offensichtlich lag etwas Krampfiges in der Luft, dennoch schienen die wenigen Gäste ganz friedlich, nichts von den hitzigen Diskussionen, die sonst in dem Restaurant üblich waren. Eilig verzog sich Cheryl in die Küche, zu Maria, die ihr mit einer leicht verkniffenen Miene die Wange hinstreckte und auf die Krapfen deutete, die sie ihr in einem blauen Teller gerichtet hatte. Cheryl war eins der wenigen erwachsenen Mitglieder des Internationalen Barbie-Fanclubs und hatte daher schon lange den Kampf um den schönen Schein aufgegeben, weshalb sie unumwunden loslegte:

«Ich will mich ja in nichts einmischen, was mich nichts angeht, aber ... störe ich vielleicht ...?»

«¡Dios nos libre!» antwortete Maria und gab damit zu verstehen, daß ihr Groll hartnäckig sein würde, vielleicht noch hartnäckiger als an ihrem 55. Geburtstag, als Gérard eine Stunde lang vergessen hatte, ihr zu gratulieren.

«... Dieser Mann», sie machte eine vage Geste hinüber zur Bar, «will meinen Tod! Heute morgen fing's an, er sagte, sein Hemd sei schlecht gebügelt», sie schaute Cheryl an, die rasch die Augen zum Himmel drehte und damit diese Hypothese absolut widerlegte, «dann ist er auf Vlad los, wegen der Butter, die er angeblich nicht in den Kühlschrank gestellt hatte», wieder verdrehte Cheryl zwischen zwei Happen ihrer Krapfen die Augen. «Und dann ...» wurden sie von einem dröhnenden «Achtung, hier kommt der Künstler!» unterbrochen. Es war der dicke Louis, ein Stammgast. Maria neigte sich zu Cheryl: «Du brauchst nur zuzuhören, dann weißt du, was los ist ...»

Immer noch ihre Krapfen kauend, horchte Cheryl, was nebenan vorging. Sie mußte sich nicht sehr anstrengen, schon hörte sie Gérard, wie er seine Zeitung auffaltete und zu Louis sagte:

«Schau mal! Das ganze Moos, das sie mit ihren Geschichten über Sekten machen, ich sage dir! Das alles soll uns doch bloß von anderen Dingen ablenken. Wir werden von oben bis unten verarscht, und währenddessen rennen die großen Enthüllungsjournalisten durch den Wald, auf der Suche nach vier Verrückten, die dort Robinson spielen! Dabei haben die ganz recht. Wenn ich jünger wäre, ich sag dir, dann würde ich auch in eine Kommune ziehen und Schweine züchten! Stimmt's? Einen kleinen Schwarzen, Louis?»

Cheryl warf Maria einen Blick zu, die kopfschüttelnd seufzte.

«... All das, nur weil sie einen gegrillt haben», Gérard war unerschöpflich, «in Brüssel oder ich weiß nicht wo ... Sofort liest du in der Zeitung, daß die Jugendlichen, die keinen Sport machen oder noch nicht drogenabhängig sind, alle als Barbecue enden werden, mit einem Ave Maria auf den Lippen. Hör mal, Louis, das ist doch alles Schwachsinn!»

Mit einem letzten Kopfschütteln schloß Maria die Tür und sagte zu Cheryl:

«Siehst du, wie er drauf ist ... Und du», ihre Augen begannen zu leuchten, «bist du bereit?»

Plötzlich schien sie wieder an den Brüsseler Grill zu denken und schaute besorgt drein:

«... Versprich mir, mein Engel, daß du aufpaßt!»

Diesmal zuckte Cheryl mit den Schultern.

«Aber ja doch! Ich fahre nach Brüssel zu einem Friseurlehrgang, nicht um in eine Sekte einzutreten!»

«Also gut», sie holte ein zusammengefaltetes

Stück Papier aus ihrer Schürzentasche, «ich habe dir die Adresse von meinem Vetter aufgeschrieben, wenn du Probleme hast, kannst du zu ihm gehen ...»

«Maria! Ach was! Ich bleib doch nur drei Tage weg ... Belgien ist ein zivilisiertes Land ...»

Cheryl konnte an den Augen der Spanierin ihre Achtung vor der Zivilisation Belgiens ablesen, und wechselte lieber das Thema.

«Ich muß jetzt los ...»

«Trink noch einen Kaffee, Vlad fährt dich zum Bahnhof.»

Sie redeten noch ein paar Minuten über das Viertel und vor allem über Mireille, die bei Cheryl arbeitete und deren Typ zum dreiundzwanzigsten Mal abgehauen war ... Maria tat es sehr leid:

«So kriegt sie nie ihr Baby ...»

«Außer wenn sie sich einen anderen Vater sucht. Du hättest sehen sollen, wie er neulich in den Salon kam! Er hat überall Ringe! In der Nase, in den Augenbrauen, in der Zunge! Als Madame Jocelyne das gesehen hat, wäre sie beinah mit den Lockenwicklern auf dem Kopf weggerannt.» Sie lachten. «Na ja, jeder macht, was er will, aber ich glaube, Mireille gefällt das nicht besonders. Vor allem seitdem er ihr keine Ruhe läßt, daß sie sich den Bauchnabel piercen lassen soll ...»

Maria zog eine Grimasse und deutete auf die Tür zur Bar:

«Der läßt mir meine Ruhe!»

Als Vlad in die Küche kam, hörten sie auf zu lachen, und Cheryl erinnerte sich daran, daß es Zeit war zu gehen. Sie umarmte Maria herzlich und schlüpfte dann hinter die Bar, um sich von Gérard zu verabschieden, dessen Laune sich offenbar gebessert hatte. «Auf Wiedersehen, meine Hübsche, paß auf dich auf.» Sie antwortete ihm mit einem verschwörerischen Lächeln: «Ich tu's nur für dich, versprochen. Und zum Ausgleich hältst du mir Gabriel hier, bis ich zurück bin ...»

«Ich werd's versuchen», sagte Gérard nur.

Wie ich, dachte Cheryl.

3

VICTOR SERGE meinte: ***Bei den Polizisten und den Richtern darf man nie vergessen, daß sie nur Lakaien der Reichen sind, die ihnen die unangenehmen Aufgaben abnehmen.***

Cheryl versuchte nicht einmal, den Seufzer zu unterdrücken, der ihr in die Kehle stieg, als sie ihre Kostümjacke wieder zusammenlegte. Der Polizist hatte sie aus Unachtsamkeit auf den Sitz fallen lassen. Wer war schuld? Sie war vor Vlads Augen in den letzten Waggon des Zuges gestiegen. Der große, wortkarge Rumäne hatte sich offenbar bis ins kleinste an Marias Anweisungen gehalten, eine Aufmerksamkeit, die Cheryl für Kontrolle hielt und die ihr ziemlich auf die Nerven ging. Es war ein Abteilwagen der belgischen Eisenbahn. Einige Minuten später setzte sich ein junger Typ ihr gegenüber, grüßte sie mit einem leichten Kopfnicken und holte dann ein Buch heraus. Ohne die Aufmerksamkeit des jungen Intelligenzlers zu erregen, betrat gleich darauf ein großer, frierender Schwarzer in einem beigen

Parka das Abteil. Fast im gleichen Augenblick fuhr der Zug an, und Cheryl begann, in der Zeitschrift zu blättern, die sie eben gekauft hatte. Die leicht muffige Intimität von Zugreisenden wurde nur von der Minibar unterbrochen, bis die Zollbeamten eintrafen. Es war gleich klar, sie gingen nur nach dem Aussehen der Kunden. Zuerst kam eine Frau über den Flur, dann kehrte sie in Begleitung von zwei Männern zurück. Alle drei zeigten ihre Dienstmarken, und schon als sie den Mund aufmachten, war ihr Ton mindestens genauso dienstlich und kalt wie das Plastik ihrer Ausweise.

«Wem gehört das Gepäck?»

Cheryl und der junge Leser deuteten auf ihre Taschen, aber die Polizisten interessierten sich nur für den Schwarzen, sie umringten ihn und forderten ihn auf, seine Papiere und seine Fahrkarte zu zeigen. Da es ihnen im Abteil zu eng wurde, gingen sie hinaus und durchsuchten den Afrikaner auf dem Gang. Der junge Leser schüttelte mehrmals den Kopf, bevor er hinwarf:

«Armer Kerl. Das ist sicher nicht einfach, jeden Tag so zu reisen ...»

Cheryl, an derartige Diskussionen gewöhnt, die immer zwischen Lockenwicklern, Neuigkeiten von den Kindern und der Wahl der Haarfarbe ihre Blüten trieben, dröhnte sofort los:

«Dann wird er ja wissen, daß er vorsichtig sein muß ...»

Bei diesen Worten brachten die Polizisten den Schwarzen zurück. Halb aus Provokation (das war eigentlich nicht ihre Art), halb im Spaß wandte sich Cheryl an den nächststehenden Polizisten:

«Sie haben sich geirrt, ich bin es, die Waffen in ihrer Tasche hat ...»

Natürlich konnte sie nicht wissen, daß er just an diesem Morgen von seiner Frau vor die Tür gesetzt worden war, deshalb extrem schlechte Laune hatte und folglich mit einem säuerlichen Lächeln erwiderte:

«Dann zeigen Sie mal Ihre Tasche, Ihre Papiere und Ihren Fahrschein ...»

Überflüssig zu erwähnen, daß er überall seine Nase hineinsteckte, vom Toilettenbeutel bis in die Taschen ihrer Kostümjacke, dazwischen in eine Handvoll Slips, die er mit einem leisen Pfiff herausholte.

Als die Beamten etwa eine Viertelstunde später wieder gingen, nicht ohne zu betonen, daß nur das nahe Mittagessen sie davon abhielt, Cheryl im nächsten Bahnhof einer Leibesvisitation zu unterziehen, war es nur ein schwacher Trost, daß der Schwarze sich bei ihr bedankte und ihr die Hand schüttelte. Wenn Cheryl genau hingehört hätte, hätte sie vernommen, wie alle Revolutionäre sich im Grab umdrehten, denn der revolutionäre Kampf gelingt nicht aus dem Stegreif. Cheryl hatte das vergessen und sich zum öffentlichen Gespött gemacht. Außer dem Händedruck blieb ihre Tat folgenlos, der Leser steckte seine Nase wieder in das Buch, und der Schwarze guckte woanders hin.

Nur Mut, noch hundertfünfzig Kilometer.

4

VICTOR SERGE meinte: ***Lange bevor sie gewonnen hat, ist die Revolution unbesiegbar.***

In ihrer Naivität erwartete Cheryl, daß sie am Bahnhof abgeholt würde. Schließlich hatte sie diesen Lehrgang gewonnen (für ihre Treue zu den Erzeugnissen von Jacques Pervenche), und sie hatte die Bemerkung «herzlicher Empfang» am Ende des Briefes wörtlich genommen. Sie hatte eine romantische Ader, die manchmal ihre Wahrnehmung der Realität trübte. Nachdem sie eine Viertelstunde gewartet hatte und immer noch allein auf dem Bahnsteig stand, gewann dann doch der Fatalismus, die andere Seite ihrer Persönlichkeit, die Oberhand. Er versorgte sie mit der Einsicht, daß sie sich selbst durchschlagen mußte. So holte sie den Brief mit den genauen Angaben über das von Jacques Pervenche oder zumindest von Cachou, seinem Vertreter, verheißene Programm heraus. Unten war die Adresse des Hotels angegeben: Hotel du Parc (drei Sterne; Bad, Telefon und Fernseher in allen Zimmern). Ein charmanter Taxifahrer gönnte sich das gut bezahlte Vergnügen, sie hinzufahren. Die Dame an der Rezeption fand, nach einem Moment des Schwimmens und einem Anflug von Panik auf Cheryls Seite, tatsächlich ein Zimmer, das auf ihren Namen reserviert war: «Ein Zimmer nach vorne, mit Blick auf den Park, sehr hübsch.» Aber keine Nachricht. Während Cheryl ihre Sachen in die Kommode ihres sehr hübschen Zimmers mit Blick auf den Park räumte, begann sie an der Herzlichkeit des Empfangs zu zweifeln. Aber sie fing sich schnell wieder, indem sie sich sagte, daß am Vorabend dieses Lehrgangs, der für die Haarmode des nächsten Sommers von entscheidender Bedeutung war, die Organisatoren sicher Besseres zu tun hatten, als eine der Kursteilnehmerinnen vom Bahnhof abzuholen oder ihr an der Hotelrezeption Worte des Willkommens zu hinterlassen. Jedenfalls zog sie keinen Moment in Betracht, daß ihre Reise unter einem schlechten Stern stehen könnte, schließlich hatte sie sich schon mehrere Wochen darauf gefreut. Ganz im Gegenteil, sie verfrachtete die Episode im Zug und das Fehlen eines Abholers am Bahnhof in einen dunklen Winkel ihres Gedächtnisses. Am Abend wollte sie Cachou anrufen, um ihm ihre Ankunft mitzuteilen. Sie zögerte, ob sie sich bis dahin die Stadt anschauen oder dem Salon von Angelo einen Überraschungsbesuch abstatten sollte. Sie lächelte schon bei dem Gedanken an das Gesicht, das er machen würde, wenn sie hereinkäme … Sie hatten sich zwei Jahre zuvor kennengelernt. In jenem Jahr hatte Jacques Pervenche, der in ganz Europa Salons besaß, die Winterkollektion in seiner Pariser Dependance präsentiert, und Angelo war zu spät gekommen. Er hatte Cheryl gebeten, ihm den Theoriekurs vom Vormittag zu wiederholen. Sie hatte das mit unverhohlenem Vergnügen getan, froh, den leibhaftigen Beweis vor sich zu sehen, daß nicht alle Damenfriseure weiblicher als weiblich waren. Im Fall von Angelo war es eher das Gegenteil, er war ausgesprochen … männlich. Es ließ sich kaum anders ausdrücken. Sie hatten zusammen über die übertriebenen Gebärden und die verdrehten Augen von Franck, ihrem Luxemburger Kollegen, gelacht, wenn er ihnen seine Technik des «Rupfens» der Haare erklärte. Dazu durfte man nie die Schere benutzen, immer nur die gute alte Rasierklinge und den Daumen. Seither war Angelo zwei-, dreimal in der Rue Popincourt hereingeschneit, und sie hatten ab und an miteinander telefoniert. Cheryl wußte, daß er unter den Kursteilnehmern an diesem Wochenende war, hatte sich aber nicht gemeldet. Wahrscheinlich aus Angst, daß er ihr vorschlagen würde, bei ihm zu wohnen, was sie abgelehnt hätte. Denn sie hatte wirklich kein Interesse, dieses dunkelhaarige Mannsbild im Kreise von Frau und Kindern zu erleben. Die Lehrgänge waren neutrales Gebiet, dort konnten sie beide alles aus den verschwörerischen Blicken und den fast zufälligen Berührungen herausholen. Doch beim Familienfrühstück wäre das nicht angebracht. Aus den gleichen Gründen wollte sie den Nachmittag dann doch lieber mit einem Stadtbummel verbringen.

Offenbar waren ihr diese Gründe durch göttliche Fügung eingefallen, denn die Szene, die sie im Salon an der Ecke der Rue de l'Artichaut und Rue des Deux Eglises angetroffen hätte, wäre bestimmt nicht nach ihrem Geschmack gewesen. Die Sessel und die Spiegel waren mit schwarzem Stoff verhängt, und in der Mitte, wo gewöhnlich ein kleiner, mit Comics übersäter Tisch war und darum herum Stühle für die Wartenden, standen jetzt mit schwerem schwarzem Tuch bedeckte Böcke, auf denen ein Sarg lag. Darin die verkohlte Leiche von Angelo. Er hatte sich drei Tage zuvor auf dem Bahnsteig der Station Schuman das Leben genommen. Um den Sarg herum brannten zehn weiße Kerzen, die das verschlossene Gesicht der Witwe tragisch beleuchteten. Hinter ihr knieten betend zwei Menschen in schwarzen Gewändern.

Cheryl wäre da hineingeraten wie die Fliege in die königliche Suppe. Es hätte allerdings den beiden Detektiven ein wenig Abwechslung bereitet, die seit dem Morgen in dem kleinen Café gegenüber saßen und das spärliche Kommen und Gehen in dem Salon beobachteten. Diese Überwachung wäre übrigens Wasser auf Gérards Mühlen gewesen, denn die Detektive hatten den Auftrag, eine Epidemie von Selbstmorden oder gar einen Massenselbstmord auf jeden Fall zu verhindern. Die Vorstellung machte dem Polizeidirektor schon graue Haare, er träumte nachts davon, wie sich unten vor seinem Wohnhaus Leiber in Brand setzten. Ganz bestimmt wäre die ranke blonde Gestalt von Cheryl, wie sie in ihren knappen Jeans und ihrem kurzen schwarzen Mantel daherkam, freudig empfangen worden. Aber Cheryl betrachtete wenige Kilometer von dort einen kleinen Kerl aus Bronze, der zum Vergnügen der Touristen Bier pißte. Pech gehabt.

5

VICTOR SERGE meinte: ***Man darf nicht dem von der idealistischen bürgerlichen Erziehung eingetrichterten Drang nachgeben, die «Wahrheit» durchsetzen oder wiederherstellen zu wollen.***

Cheryl war in Tränen aufgelöst. Wie Cachou es ihr am Vorabend am Telefon gesagt hatte, war sie um neun Uhr gekommen, in der Erwartung, neben den anderen Kursteilnehmern auch Angelo zu treffen. Aber anstelle des Kurses über die Sommerschnitte hatten zwei Kriminalkommissare sie empfangen und ihnen (völlig schonungslos) vom Tod ihres Kollegen berichtet. Noch schlimmer, sie hatten angedeutet, daß ihre regelmäßigen Treffen in allen Ekken Europas möglicherweise nur finstere Sektenzusammenkünfte kaschierten. Dieser Schwachsinn hatte Cheryl umgeworfen. Angesichts ihrer Gefühlswallungen hatten die Kommissare sie umgehend verhört. Sie stand unter dem Verdacht, die Geliebte des Toten beziehungsweise ein aktives Mitglied der Sekte zu sein, zu der er gehört hatte: «Wissen Sie, Mademoiselle, im Gegensatz zu dem, was man denken würde, treffen sich da nicht nur komische Spinner, die aussteigen und im Wald leben wollen.» Natürlich, das wußte sie, erst am Tag zuvor hatte sie es zu Gérard gesagt, aber vor den Polizisten begnügte sie sich damit, eine entrüstete Miene aufzusetzen (was ihr nicht schwerfiel) und oberflächlich auf die Fragen zu antworten. Rasch wandten sie sich den anderen Kursteilnehmern zu, um ihnen ähnliche Fragen zu stellen. Nach einer guten Stunde hatten sie alle Personalien aufgenommen und verließen den Raum. Jetzt waren die Sommerfrisuren mit verlängertem Nacken und ausgefransten Koteletten an der Reihe. Das erste Modell, Estelle, setzte sich schon hin, damit nicht noch mehr Zeit verlorenging, und Thibaut, einer der Assistenten von Jacques Pervenche, der für den Morgenschnitt verantwortlich war, gab ihnen zwischen zwei Hieben mit der Schere Erklärungen ab. Selbst wenn Cheryl sich zusammenriß und an ihr professionelles Interesse appellierte, fiel es ihr schwer, auf den lockigen Haaren von Estelle nicht immer wieder das Gesicht von Angelo auftauchen zu sehen. Offenbar war sie nicht die einzige, die sich nur mit Mühe konzentrieren konnte, auch ein Mädchen mit langen rötlichen Haaren schniefte heimlich.

«Ich heiße Anastasia.» In der Pause war sie spontan auf Cheryl zugegangen, und während die anderen den unerwarteten Besuch der Polizei vom Morgen kommentierten, redeten sie beide höflich um den heißen Brei: «Wo kommst du her?», «Hast du deinen Salon schon lange?», «Kommst du das erste Mal hierher?», bedeutungslose Fragen, die sie irgendwann zu dem einzigen Thema führten, das ihnen außer dem Friseurhandwerk gemeinsam war: Angelo. Cheryl erklärte sich als erste: «Das hat mich umgehauen, ich glaubte, ich würde ihn hier wiedertreffen, und dann ...» Sie griff wieder zum Taschentuch, «... die Sekte, all das ... das ist wirklich verrückt!» Anastasia schüttelte den Kopf: «Ja und nein. Verrückt ist, daß er tot ist. Seine Frau, das hätte ich eingesehen, aber er? Das ist wirklich schwer zu glauben.» Cheryl hatte schon den Mund geöffnet, um Genaueres zu erfragen, da wurde sie von Thibaut unterbrochen, der in die Hände klatschte. Die Haare von Estelle verlangten erneut ihre Aufmerksamkeit. Zum Leidwesen der sommerlichen Kundinnen in der Rue Popincourt war Cheryl mit ihren Gedanken woanders. Ganz offensichtlich trugen die Predigten von Gabriel, auch Pulp genannt, im Bewußtsein seiner Freundin gerade Früchte. Pulp selbst lag im gleichen Augenblick auf der rosa Tagesdecke von Cheryl, unter den Augen von Marilyn Monroe, und las Gedichte von Guillaume Apollinaire, unter anderem folgende Verse:

Die Religionsgründer
predigten im Nebel

Über diesen Satz würde Cheryl vielleicht eines Tages nachsinnen können, doch im Augenblick galt er eher für den armen Mario. Er hatte zwar schon seit Jahren den Gauner markiert, aber was er unfreiwillig durch den Spalt seiner Elektrokabine mit angesehen hatte, war ein anderes Kaliber. Um so mehr, als er überhaupt nicht an die Wege Gottes glaubte, sondern als echter Opportunist davon überzeugt war, daß der Zufall einen Sinn hatte, was in diesem Fall für ihn hieß, Nutzen aus dem Ereignis zu ziehen, das er beobachtet hatte. Zumal die Sache, die er für eine private Abrechnung gehalten hatte, jetzt schamlos in der Öffentlichkeit ausgebreitet wurde. In allen Zeitungen, in allen Cafés sprach man von diesem armen Typ, den (je nachdem, wie gebildet der Kommentator war) die Gesellschaft, die Dummheit oder das Fernsehen (!) zu diesem extremen Schritt getrieben hatte. Mario hätte natürlich eine viel realistischere Version des Geschehens geben können, aber er konnte sich denken, daß diese Art von Werbung den beiden Pyromanen nicht besonders gefallen würde, die er auf frischer Tat ertappt hatte. Außerdem würde ihm das keiner glauben, außer er wandte sich an die Polizei (das wäre ihm aber nie eingefallen). Im besten Fall würde man seine Geschichte neben die Einschätzung des Buchhändlers von gegenüber stellen, der sich auch auskannte, denn seine Schwiegermutter war bei den Zeugen Jehovas. Nein, die einzigen, denen er sich unter dem Siegel der Verschwiegenheit anvertrauen konnte, waren Jo und Ramón, seine Stellvertreter.

6

PULP und die Waffen der Frauen

VICTOR SERGE meinte: ***Man soll sich vor den Unarten der Konspiration hüten, den verschwörerischen Mienen, den geheimnisvollen Andeutungen, vor der Dramatisierung einfacher Dinge, vor dem ganzen «konspirativen» Getue. Die größte Tugend des Revolutionärs ist seine Natürlichkeit.***

Um die Zeit, als Marios Bande ihre Vollversammlung abhielt, beschlossen Cheryl und Anastasia etwas bescheidener, zusammen zu essen. Sie hatten den Tag damit verbracht, Modelle zu begutachten oder Frisurskizzen zu zeichnen. Manchmal nutzten sie eine Pause oder einen kurzen Leerlauf, um zusammenzustehen, aber Cheryl war es nicht gelungen, Anastasia darüber auszufragen, was sie über den Tod von Angelo hatte sagen wollen. Nicht einmal jetzt, als sie sich gegenübersaßen, nur durch einen schmalen Holztisch voneinander getrennt, gelang es der brünetten Anastasia und der blonden

Cheryl ohne weiteres, von dem Toten zu sprechen, der sie verband. Endlich schob Anastasia mit einer mechanischen Geste ihre langen lockigen Haare zurück und neigte sich zu Cheryl:

«Kanntest du ihn schon lange?»

«Zwei Jahre ... Ich kannte ihn eigentlich nicht richtig, aber ehrlich, es fällt mir schwer, ihn mir bei diesem Pfaffenzirkus vorzustellen», Cheryl rief sich Angelo in Erinnerung, er war wirklich eher after-punk als after-shave, «das erscheint mir geradezu ...»

Anastasia unterbrach sie:

«Und doch ist es wahr. Seit einiger Zeit hatte er sich wirklich verändert, wir kannten uns ... von früher, als er noch öfter ausging, dann habe ich ihn eines Tages zufällig wiedergetroffen. Meine Schwester wohnt ganz in der Nähe der Gegend, wo er seinen Salon eingerichtet hat, sie hat mir vor ungefähr einem Jahr auch gesagt, daß eine Veränderung in der Luft lag. Von einem Tag auf den anderen hat er seine Kundinnen nicht mehr geduzt, nicht einmal die, die schon lange zu ihm kamen, auch sein ganzes Auftreten änderte sich, innerhalb einer Woche hat er seine Jeans rausgeschmissen für einen Stapel Flanellhosen. Du mußt dir das vorstellen, die Farbskala von grau bis dunkelblau, ein kleiner Hemdkragen über einem Pulli mit rundem Ausschnitt ... Ich bin sicher, es war seine Frau, die ihn da reingetrieben hat ...»

«Ich habe seine Frau nie gesehen ...»

«Sie arbeitete mit ihm zusammen, das heißt, bis sie ihr Viertes bekam ... Sie heißt Livia und ist Italienerin. Ich habe den Eindruck, mit ihren Kindern und ihrem Mann war sie so beschissen dran, daß ihr schließlich nur noch das einfiel, was man ihr in der Kindheit beigebracht hat: die Religion. Einfache Regeln, Ordnung, eine Gemeinschaft, das gefiel ihr. Das Wunder bleibt natürlich nur, wie sie Angelo da mit reinziehen konnte.»

Die Liebe, immer die Liebe, dachte Cheryl und wollte das Argument gerade einwerfen, als Anastasia sie unterbrach: «Ich wußte noch nicht, daß ich das Opfer kannte, aber ich habe ein bißchen genauer gelesen, was die Zeitungen geschrieben haben über den ... Selbstmord. Offenbar war die Kirche, zu der er gehörte, nicht ...», sie suchte nach Worten, «... na ja, es war nichts Offizielles, mehr wie ein Geheimbund ...»

«... eine Sekte», schloß Cheryl.

«Ja, so kann man es ausdrücken, irgend so was, aber weniger aufregend als alles, was die Flics heute dazu gesagt haben.»

Und da sie vom unerwarteten und höchst außergewöhnlichen Tod eines Menschen erschüttert waren, dem sie ein paarmal begegnet und in den sie vielleicht verknallt waren, und weil die Zufälle des Schicksals sie in eine Skandalgeschichte verwickelt hatten, redeten sie noch bis spät in die Nacht. Sie redeten nicht nur über ihr Leben, ihre Erfahrungen, die Marke ihres Lieblings-Make-ups, ihre Ängste und den geheimnisvollen Schwund von BH-Schließen in der Waschmaschine, nein, gegen Ende des Abends (nach zwei Wodkas, die Anastasia vorgeschlagen hatte, nachdem Cheryl sich konstant weigerte, das belgische Bier zu probieren) fingen sie an, über das zu diskutieren, was sie am meisten nervte.

Sie waren sich sehr schnell einig (im Gegensatz etwa zum Make-up): Sie konnten es nicht ausstehen, daß sie erstens, nicht wußten, warum Angelo sich umgebracht hatte, und daß Livia zweitens, vor den Kindern wahrscheinlich einen Helden aus ihm machen würde. Und so was konnte sie – im Namen der After-Punk-Periode von Angelo, an der Anastasia ein wenig teilgenommen hatte, und der Cherylschen Grundsätze zur Kindererziehung – einfach aufregen. Je mehr der Wodka sich in ihrem Blut verteilte, desto röter vor Wut wurden ihre Wangen. Um Viertel nach eins waren sie davon überzeugt, daß das Heil von Angelos Kindern, wenn nicht gar die Ruhe seiner Seele (das war Anastasia eingefallen, Cheryl war nicht ganz davon überzeugt, aber es hatte wohl wenig Sinn, sich an Einzelheiten aufzuhängen), kurz, daß all das in ihren Händen lag. Und sie waren fest entschlossen, auch B zu sagen.

Zwei Retterinnen der Gerechtigkeit waren geboren.

Beim Verlassen des *Amour fou* – so hieß das Café im Stadtviertel Ixelles, wo sie den Abend verbracht hatten – gingen sie noch ein paar Schritte bis zum Taxistand. Dann trennten sie sich. Nicht irgendwo. Genau an der Stelle, wo neunzig Jahre zuvor der kleine Victor Serge, mit einem Rotkohl auf dem Arm, den kleinen Raymond Callemin getroffen hatte, der wegen seines ätzenden Geistes später «Raymond-der-Geist» hieß. Das war bestimmt ein Zeichen.

7

VICTOR SERGE meinte zu Raymond: ***Gib mir meine Klicker zurück, Brillenschlange, oder soll ich dir eine in die Fresse hauen?***

Am nächsten Morgen um neun Uhr trafen sich Anastasia und Cheryl zum letzten Tag des Lehrgangs wieder. Glücklicherweise hatte die kurze Nacht ihre Pläne nicht durchkreuzt. Dieselben nahmen vielmehr eine halbe Stunde später konkrete Gestalt an, als sie im Kreis um Océane, dem Modell des Tages, zusammentrafen. Anastasia flüsterte ihrer Freundin zu:

«Heute abend gehen wir zu Livia.»

Cheryl wußte sofort, daß das eine gute Idee war.

Zur gleichen Zeit bekamen auch Marios Pläne schärfere Umrisse. Am Vorabend hatte er mit Jo und Ramón zwei dicke Spießer ausgeplündert, die gerade aus dem *Out Out* kamen. Schön genießerisch, wie Jo zu dem Schlaumeier sagte, während er ihm die Brieftasche leerte: «So bekommst du wenigstens etwas für dein Geld.» Das *Out Out* lag nur eine Kranlänge von dem großen sternförmigen Gebäude entfernt. Es hieß Berlaymont und war das Symbol Europas, aber vor allem der schlechte Stern des Viertels. Seit seiner Erbauung dreißig Jahre zuvor waren mit schöner Regelmäßigkeit darum herum Baustellen aufgeschossen und hatten ganze Häuserreihen in die Hände von Immobilienfritzen gebracht, die geduldig auf den Verfall und auf immer neue kommunale Bauaufträge warteten, wie das Bredel-, das Charlemagne-, das Cortenberg- oder das Julius-Lipsius-Gebäude, der jüngste Sprößling (ziemlich mutig!). Anderen aber ging diese Geduld völlig ab, und da das Viertel am Wochenende ausgestorben war, wurde es von jenen Mitgliedern der Stadtgemeinde in Besitz genommen, die vielleicht nicht immer so viel Klasse hatten wie die erste, aber na ja ... Es verkehrten daher in der Rue Taciturne oder Belliard echte arme Hausbesetzer, Drogenabhängige, Dealer, verschiedene Gruppierungen (unter anderem die Patres von der *Erlösergemeinde zur Auferstehung der Treuen Jungfrau*, der auch Angelo angehört hatte) sowie die Besucher des *Out Out*, der Kaschemme des Viertels. Zu Anfang war das *Out Out* eine echte Unterwelt-Eßkneipe, mit Gemüse aus zweiter Hand (aus der Tonne des nächsten Gemüsehändlers) und mit Fleisch am Verfallsdatum. Dann hatte es sich langsam zu einer halbechten Kaschemme entwickelt, mit richtigen Gästen in einer getürkten Unterweltszenerie für echte Arschlöcher, die glaubten, sich hier mit den Armen gemein machen zu können. Aber das Schlimmste war, wenn Mario und seine Freunde ihnen live das boten, weshalb sie hergekommen waren, dann gefiel ihnen das gar nicht! Also wirklich. Die Bande stammte aus Saint-Josse, gleich nebenan, und Ramón war sogar dabeigewesen, als die Wände zwischen den Häusern durchgebrochen wurden, so daß sie jetzt alle untereinander verbunden waren! Das sollte nur heißen: Wenn etwas im Viertel los war, dann mußte man mit ihnen rechnen.

Im Namen dieses wichtigen Grundsatzes erzählte Mario auch Jo und Ramón, was er einige Tage vorher in der Station Schuman gesehen hatte.

«Er soll sich nicht umgebracht haben?»

Jo war ein treuer Anhänger der Journaille.

«Vielleicht hat er auch nicht den Mut gehabt, es selbst zu tun, hat die anderen gebeten, ihm dabei zu helfen …»

Mario und Ramón lachten und stießen sich gegenseitig in die Rippen.

«Ihr seid wirklich doof! Meinst du nicht, wir sollten es dem Pater-Abbé sagen? Der Tote hat doch an seinen Betstunden teilgenommen, oder?»

Mario seufzte, als er an die riesenhafte Gestalt des Paters dachte, die durch die verlassenen Häuser spukte, auch über die Baustellen des Viertels; er hatte sogar einmal gesehen, wie er aus einer der beiden verfallenen Kirchen herauskam:

«Das könnten wir, aber dafür melde ich mich nicht freiwillig …»

«Was sollen wir sonst tun?»

«Ich weiß nicht. Gar nichts. Ich wollte es euch nur erzählen, einfach so …»

Ramón stand auf und sagte zu seinen beiden Gefährten, die auf der Betonmauer saßen, die den um diese Zeit völlig ausgestorbenen Parkplatz umgab:

«Ich finde, eine Information von dieser Wichtigkeit wäre wohl ein Feuer wert.»

Alle drei drehten ihre Köpfe sehnsüchtig zu den Zufahrtsrampen hinter dem Residence Palace, einem Art-Deco-Gebäude von etwa zehn Stockwerken, dessen Hallenbad und Theater angeblich obergeil waren. Bis vor wenigen Monaten waren sie regelmäßig zu diesem toten Grundstück gekommen, hatten ein Feuer gemacht, sich gut zugeschüttet, nackt ausgezogen und waren anschließend um das Feuer getanzt. Dieses Ritual war schon beinahe fünfzehn Jahre alt, als eines Tages das professionelle Auge eines Journalisten (vielleicht kam er gerade aus dem *Out Out*) auf die drei gut dreißigjährigen Typen fiel, die im Rhythmus des Wahlspruchs von Ramón («Ramón, Ramón, der ist nicht von Karton») auf den Boden trampelten. Er hatte ihnen Geld angeboten, damit sie ihn filmen ließen, und die drei hatten einen saftigen Vorschuß kassiert. Danach waren sie nie zu den vereinbarten Terminen gekommen, hatten nur von Ferne zugeschaut, wie er seine Kameras und seine Scheinwerfer aufbaute und wären vor Lachen fast (um ein Haar) gestorben, als sie sahen, wie der Journalist drei Assistenten dazu zwang, sich nackt auszuziehen, um dann um ein lächerliches Feuer aus kleinen Scheiten herumzutanzen. Letztlich eine schöne Erinnerung. Aber seltsamerweise hatten sie es seither vermieden, lauthals «Ramón, Ramón, der ist nicht von Karton» zu brüllen, und allmählich fehlte ihnen etwas.

Aber Jo hatte eine Grimasse gezogen, und schlußendlich hatten sie kein Feuer gemacht.

Jedenfalls nicht an diesem Tag.

Und in der gleichen Nacht, als Anastasia und Cheryl über ihre Nagellackmarke und die Todesumstände von Angelo diskutierten, kam Pulp vom *Pied de Porc à la Sainte-Scolasse* nach Hause und legte sich hin, um folgende Verse von Apollinaire zu lesen:

Die schwarzen Schafe der Winternächte
Ziehen in traurigen Herden vorbei
Die Sterne sind in der Luft verstreut
Wie Splitter von Amethysten

In der gleichen Nacht auch beschlossen Jo, Mario und Ramón, den Pater-Abbé aufzusuchen. Sie hatten allerdings ein bißchen Schiß davor. Kaum stand ihr Entschluß, mußte Jo sie natürlich darauf hinweisen, daß die Berufung vom Pater-Abbé noch nicht lange zurücklag. Er konnte sich noch erinnern, daß der gute Mann vor wenigen Jahren in der Rue Ropsy-Chaudron bei der Abdeckerei Anderlecht für seine Körperkraft bezahlt wurde.

8

PULP und die Waffen der Frauen

VICTOR SERGE meinte: ***Die Verfolger, auf denen jede Überwachung beruht, sind fast immer leicht abzuhängen. Jeder Kämpfer sollte sich als ein ständig Verfolgter betrachten.***

Marios Bande ließ die verfallene Kirche links liegen und eilte entschlossen zu den leerstehenden Häusern, um dem Pater-Abbé auf die Bude zu rücken. Als sie sich gerade durch den Spalt einer Tür mit aufgebrochenem Vorhängeschloß zwängen wollten, schlug Ramón vor:

«Wir könnten ihm einen anonymen Brief schikken ...»

Die beiden anderen verdrehten die Augen und gaben damit ihrer Verachtung für alles Geschriebene Ausdruck. Diese Sorte Verkehr kam nicht an den mündlichen heran, da er allein den Widerruf ermöglichte. Ohne weitere Worte ging Mario ihnen voraus in den ersten Stock. In dieser Höhe lag die Verbindung zwischen den Häusern. Vor dem gähnenden Loch hatten einige Anfänger zur Orientierung Nachrichten hinterlegt, die nicht immer völlig verständlich waren. Etwa: «Murfels: 3+1», das hieß drei Häuser weiter, im zweiten Stock. Oder «Tam Tam: –7 +3», das hieß sieben Häuser zurück auf dem Dachboden. Kurz gesagt, es waren Botschaften für die Nichteingeweihten, darunter auch persönliche wie: «Anne, ich hasse dich» oder «Du kannst meine Mutter angraben, Robert». Einige gute Seelen mit ökologischem Bewußtsein hatten sogar mitten in diesem alternativen Durcheinander noch eine Abfallsammlung veranstaltet. Die Termine waren sorgfältig auf einem Blatt Umweltpapier notiert. Es roch also, wie bei dem *Out Out*, ein wenig nach aufgeräumter Unterwelt, auch wenn sich in den etwa fünfzig miteinander verbundenen Häusern bestimmt einige Subjekte befanden, die man als «nicht wiederverwendbar» abstempeln konnte. Mario und seine Bande hatten in den vier Häusern, durch die sie gekommen waren, noch keinen von ihnen angetroffen. Dafür hatten sie im Schein der Taschenlampe, die Ramón immer bei sich trug, ausgiebig die Handschrift der Sprayer aus aller Herren Länder bewundern dürfen, die in den großen Räumen, die typisch für die Brüsseler Häuser waren, recht gut zur Geltung kamen. Aber von den Patres der Erlösergemeinde zur Auferstehung der Treuen Jungfrau keine Spur. Jo glaubte zu wissen, daß sie sich in einem der Häuser im oberen Teil der Straße trafen. Sie gingen also in diese Richtung weiter, als Mario beim zerstreuten Hinausschauen aus dem Fenster die lange Gestalt des Pater-Abbé sah, die gerade den Innenhof des Häuserblocks querte:

«Scheiße, schaut mal, er geht da hinten raus. Wir müssen ihm nach, am besten unten rum.»

Aber als sie im Erdgeschoß angekommen waren, stellten sie fest, daß keiner sich die Mühe gemacht hatte, den Zugang zum Garten aufzubrechen, sie mußten also wieder hinauf und es über das Nachbarhaus versuchen. Bingo, aber sie hatten Zeit verloren, der Pater war verschwunden. Sie überquerten im Laufschritt das Brachland, um die alten verrosteten Kühlschränke und verlassenen Komposthaufen herum, die einst zu einer Reihe hübscher bürgerlicher Gärten gehört hatten. Mario verließ sich auf seinen Instinkt, als er seine Gefährten immer noch in die Richtung führte, die der Erlöserguru eingeschlagen hatte. Zu Recht, denn als sie die Straße erreicht hatten, erkannten sie seine lange Gestalt, die eilig auf das Berlaymont-Gebäude zulief.

Während Cheryl und Anastasia sich genau an der Stelle umarmten, wo einst vor langer Zeit Serge und Raymond-der-Geist sich gegenseitig die Klicker klauten, versuchten im selben Moment Mario, Jo und Ramón, den Pater-Abbé einzuholen, der an dem grünen Bauzaun entlang ging, der das Europa-Gebäude einfaßte. Die Sache schien gegessen, es trennten sie nur noch hundertfünfzig Meter von dem Pater. Aber da hatten sie nicht mit den überirdischen Kräften gerechnet. Auf halber Strecke wurde Pater-Abbé von dem grünen Zaun einfach verschluckt. Gerade war er noch vor ihnen gewesen, dann war er plötzlich verschwunden. Auch wenn man an nichts glaubt, ist das ein echter Schock. Sie blieben vorsichtig an der Stelle stehen, wo die Erscheinung sich ereignet hatte. Dank der Taschenlampe von Ramón hatten sie schnell die gelockerten Bolzen entdeckt, die eines der Bretter nach innen schwenken ließen, um jemand durchzulassen.

Es war also nichts Überirdisches, aber immerhin doch merkwürdig.

Was wollte wohl ein Pater-Abbé mitten in der Nacht auf einer Baustelle, die für die Öffentlichkeit hermetisch abgeriegelt war?

Wenn er das lose Brett wegdrückte, konnte Mario eine Ecke des riesigen Parkplatzes überblicken, der mit Baumaterial und Containern vollgestellt war, die den Bauarbeitern als Umkleideräume oder ähnliches dienten. Wenn er sich noch etwas vorneigte, sah er das Fundament des gigantischen Bauwerks, das in eine dicke weiße Plastikplane gehüllt war, damit es bei den Sanierungsarbeiten nichts von dem Asbeststaub abbekam, der das Berlaymont verseuchte – aber keine Spur von dem Pater.

Jo legte sofort seine Bedingungen fest:

«Ich warne dich, ich setze keinen Fuß da rein ... Trotzdem würde ich gerne wissen, was er auf dieser Baustelle will.»

«Und ich erst!» erwiderte Mario, bevor er fortfuhr: «Das einfachste wäre, ihn selbst zu fragen. Seine Information gegen unsere Information.»

Zwei Gründe, um den Zornesblitz des kräftigen Pater-Abbé auf sich zu lenken, dachte Ramón, hütete sich aber, laut auszusprechen, wovor er sich ganz leise fürchtete. Aus Neugierde und vielleicht in der heimlichen Hoffnung, den, der so plötzlich verschwunden war, wiederauftauchen zu sehen, gingen die drei Kerle einmal um das ganze Gebäude herum. Sie gelangten gerade an die Rückseite, wo einst die

Autos auf den Besucherparkplatz fuhren, als sich plötzlich eines der grünen Zufahrtstore zur Baustelle öffnete und ein schwarzer Jeep heranbrauste. Marios Bande versteckte sich rasch hinter einem Bauklo, das praktischerweise wenige Meter vom Tor entfernt stand. Der Fahrer des Jeeps hatte sie wahrscheinlich nicht gesehen. Aber Mario meinte, in dem Wagen vier Gestalten erkannt zu haben. Zu dem Mann hinzugezählt, der eben sorgfältig das Tor wieder schloß, und zu dem Pater-Abbé, der immer noch nicht herausgekommen war, hieß das ganz schön viel Betrieb für eine Baustelle, die gewöhnlich nachts wie ausgestorben war. Es gab Jo, Ramón und Mario einiges zu denken. Cheryl und Anastasia sind auch nicht mehr weit, aber ihnen begegnete man auf alle Fälle besser nicht vor dem Nachmittag.

Die beiden Mädchen hatten sich den traditionellen Umtrunk am Ende des Lehrgangs geschenkt. Das war nicht sehr nett, vor allem von Cheryl. Schließlich hatte Jacques Pervenche ihr den Aufenthalt und die Kurse bezahlt. Aber sie hatten sich eine Aufgabe vorgenommen, die sie auch unbedingt erfüllen wollten. Cheryl, die jetzt alle Haarprobleme vergessen hatte, fragte ihre Freundin:

«Und du, kennst du Livia?»

«Ganz flüchtig, aber du wirst sehen, eher der verschlossene Typ ...»

Anastasia parkte ihren Fiesta und deutete auf den Salon, der gegenüber an der Straßenecke lag:

«Da ist es, sie wohnen oben drüber. Angelo hat mir erzählt, daß sie ein Haus außerhalb der Stadt suchen, aber es hat wohl noch nicht geklappt.»

Sie schauten zu den Fenstern mit den geschlossenen Vorhängen im ersten Stock hinauf, dann klingelten sie an der Tür neben dem Salon. Cheryl versuchte, durch die großen, lamellenversperrten Schaufenster nach den Sesseln mit rotem Moleskinbezug zu spähen, auf die Angelo so stolz war, aber sie wurde von einem Mann mit feinen Gesichtszügen und sehr kurz geschnittenen Haaren unterbrochen:

«Ja?»

Anastasia ging einen Schritt auf ihn zu:

«Wir wollen zu Livia, um ihr unser Beileid auszusprechen.»

Daß sie den Vornamen kannten, gab ihnen Anrecht auf eine Antwort:

«Ich werde es ihr ausrichten, ich bin sicher, sie wird sehr gerührt sein.»

Das hörte sich schon an wie eine zugeknallte Tür, also setzte Cheryl nach:

«Ich bin extra aus Paris gekommen, bitte, sagen Sie ihr, daß wir hier sind und sie gerne sprechen würden.»

Nach einem kurzen Zögern schloß der Mann mit einem «Warten Sie, ich schau mal nach» wieder die Tür. Wahrscheinlich war das Zermürbungstaktik, denn die Tür öffnete sich erst nach gut zehn Minuten erneut.

Schade, daß die beiden Bullen ihre Überwachung schon eingestellt hatten und daher die beiden höchst ansehnlichen Damen nicht beobachten konnten, die vor der verschlossenen Tür warteten, es hätte ein wenig Abwechslung in ihr Leben gebracht.

9

VICTOR SERGE meinte: ***Unbedingt kühlen Kopf bewahren. Man darf sich nicht einschüchtern und nicht provozieren lassen.***

Diesmal öffnete eine Frau die Tür.

«Livia», sagte Anastasia zu Cheryl. Livia bedeutete ihnen, ihr durch den Flur zu folgen. Am Ende öffnete sie rechts eine Tür, die in den unbeleuchteten und etwas unheimlichen Friseursalon führte. Der dunkle Stoff über den Spiegeln und Sesseln war noch nicht abgenommen worden, und Cheryl sah von den Sitzen mit rotem Moleskinbezug nur sehr undeutlich die Form. Ohne Anstalten zu machen, sich hinzusetzen oder ihnen einen Platz anzubieten, lächelte Livia ihnen kurz zu, zum Zeichen, daß jetzt sie an der Reihe waren. Cheryl war entsetzt über ihr verschlossenes, vorzeitig gealtertes Gesicht. Eigentlich konnte sie nicht älter sein als fünfunddreißig, aber ihr langes dunkelblaues Kleid, ihre farblosen Haare und ihr ungeschminktes Gesicht machten sie locker zehn Jahre älter. Schwer vorstellbar, wie Angelo den Alltag mit dieser Frau verbracht haben mochte. Sie suchte ein wenig nach Worten und begann dann eher banal:

«Ich wollte Ihnen nur sagen, daß wir Anteil nehmen an ...»

Eine angelegentliche Miene beim Gegenüber.

«... Uns hat die Nachricht vom Tod Ihres ... von Angelo sehr betroffen. So plötzlich.»

Keinerlei Reaktion, nicht einmal ein Wimpernzucken. Cheryl mühte sich weiter ab:

«Es war so unerwartet.» (In ihrem Kopf überstürzten sich die Fragen, aber es war nicht so einfach, eine junge Witwe und überdies mehrfache Mutter nach den Gründen für den Selbstmord ihres Mannes zu fragen. Ob sie sich gewissermaßen auch schuldig fühlte, etwa weil sie ihn in die religiöse Gemeinschaft reingezogen hatte? Oder weil ihr Aussehen jeden Mann runterziehen mußte? Um nicht alles zu verpatzen, machte sie nur eine ausholende Gebärde im Raum ...)

«Wenn wir Ihnen irgendwie helfen können?»

«Nein, danke, ich habe genügend Freunde um mich.»

«Sehr gut, dann wollen wir Sie nicht länger stören, ich kann mir denken ... Na ja, wir wollten Ihnen auch nur sagen, daß wir an Sie und Ihre Kinder denken.»

Anastasia stand schon an der Tür zum Flur, und Cheryl hätte sich ihr liebend gerne angeschlossen, freute sich auf eine Dusche, einen lauten Schrei oder einen Schwips, um sich von dieser lastenden, angespannten Atmosphäre zu befreien, als Livias Stimme sie zurückhielt:

«Wollen Sie schon gehen?»

Jetzt war die angelegentliche Miene auf der anderen Seite:

«Ja, wir möchen Sie nicht länger aufhalten. Wir wissen, wie ...»

Livia ging auf Cheryl zu, ihre Körper berührten sich beinah, die Augen der Witwe suchten die von Cheryl (der ganz heiß wurde). Sie mußte ein wenig zu ihr aufblicken, Cheryl war fünfzehn Zentimeter größer:

«Und Sie, Sie sind so hübsch. Hat er Sie gebeten, mit ihm nach Hause zu gehen? Wenn meine Seele nicht so gut wäre, hätte die Ihre das Böse ausgleichen können, das der Mensch überall um uns anrichtet?»

Sie klammerte sich plötzlich mit beiden Händen an Cheryls Mantel, keuchte:

«Warum ist er ohne uns gegangen? Ohne die Kinder!» (Cheryl blieb die Luft weg vor einer Vision von Kindern, die von Flammen verzehrt wurden, sie versuchte sich loszureißen, aber Livias Finger packten um so fester zu.) «Seine Kinder hatten doch eine reine Seele! Nicht einmal den Patres von der Erlösergemeinde hat er einen Abschiedsbrief hinterlassen, wir sind alle Waisen.» Jetzt brüllte sie: «Wem sollen wir unsere Seelen anvertrauen? Sie ziehen uns alle in die Flammen der Hölle. Er hat mich nicht geliebt!!»

Anastasia versuchte, Cheryl zu befreien, ohne Erfolg, bis der Mann kam, der ihnen die Tür geöffnet hatte. Entschlossen umfaßte er Livia und führte sie zum Flur. Anastasia und Cheryl folgten ihnen wortlos. Als sie gerade die Tür zur Straße und zur frischen Luft öffnen wollten, drehte Cheryl sich noch einmal um und sah drei Kinder, von denen das älteste, nicht älter als sieben oder acht Jahre, ein Baby auf dem Arm trug. Die Kleinen standen aufgereiht auf der Treppe und hatten alle einen fatzgeraden Scheitel in den glatten Haaren …

Die Mädchen beeilten sich hinauszukommen, bevor ihnen ganz übel wurde.

Wenn eine von ihnen geraucht hätte, wäre das erste Wort nicht vor der dritten Zigarette gesprochen worden, so sehr hatte sie das Erlebte mitgenommen. Schließlich berührte Cheryl, nach einem langen Seufzer, Anastasias Arm:

«Jetzt habe ich verstanden, was du gemeint hast. Sie steckt ganz offensichtlich viel mehr drin als Angelo. Und wenn sie Selbstmord hätten begehen wollen, wäre sie logisch als erste dran gewesen.»

«Es sei denn, er hat sich gar nicht wegen dieser komischen Patres umgebracht. In den Zeitungen haben sie übrigens geschrieben, daß die Sekte gar nicht so was vorhatte ...»

«Ich fand Livia jedenfalls ganz gräßlich. Und sich vorzustellen, daß die Kinder da drinhängen, das ist wirklich abartig.»

Sie unterstrich den Satz mit einer angeekelten Grimasse.

Als sie im Auto saßen, sagte Cheryl, immer noch verfolgt von Livias Gesicht und Stimme, zu Anastasia:

«Ich finde die ganze Geschichte trotzdem verrückt. Wie heißt die Gruppe, zu der Angelo gehört hat?»

Während sie kurbelte, um auszuparken, versuchte Anastasia sich daran zu erinnern.

«Oh, es war irgend so ein komplizierter Name, etwas wie Treue Patres ...», sie machte eine Pause, «von der Wiederauferstehung zur Jungfrau, irgend so was. Ich weiß aber, wo ihre Kirche ist. Sie liegt etwas unterhalb vom Schuman-Kreisel. Wir können hingehen, wenn du willst.»

«O.K. Aber vorher trinken und essen wir was. Ich muß mir die Neuronen säubern.»

Man sollte immer das Nützliche mit dem Angenehmen verbinden. Deshalb steuerte Anastasia auf die Innenstadt zu. Ein wenig Blattgold, Geschichte und Fremdenverkehr würde ihnen guttun.

10

VICTOR SERGE meinte: ***Provokation vergiftet wahrlich den revolutionären Kampf. Sie stachelt zum Terrorismus auf, selbst wenn die Revolutionäre ihn lieber nicht anwenden würden.***

Mitten beim Essen stellte Anastasia Cheryl die Gretchenfrage:

«Wann fährst du wieder?»

«Eigentlich morgen, aber ich kann ohne weiteres ein paar Tage dranhängen ...»

«Ich habe auch nichts Dringendes zu tun. Wenn du willst, können wir ein bißchen nachforschen ...»

«... und Angelos Kinder retten?»

«Zum Beispiel.»

‹Und seine Seele›, dachten sie insgeheim.

Es war schon Nacht und ein wenig frostig, als sie aus der Kneipe herauskamen. Anastasia blies in die Hände, um sie aufzuwärmen, und lenkte das Auto in die Rue Belliard. Im Vorbeifahren spielte sie ein wenig die Stadtführerin: das Sablon, das Museum für Alte sowie das für Neue Kunst, die Place Royale, das Schloß, dann Bürogebäude die ganze Rue Belliard entlang. Ganz am Ende, kurz bevor es in den Tunnel hinunterging, bog Anastasia nach links ab. Nach einer Schlucht menschenleerer Häuser gelangten sie jetzt in eine Gegend der total tristen Sorte. Sie hielten vor einer Kirche aus roten Backsteinen, die wegen ‹Baufälligkeit› verrammelt war, daneben eine kleine Kapelle aus weißem Stein, im gleichen heruntergekommenen Zustand: zerbrochene Glasfenster, verbarrikadierte Türen, Unkraut. Sie schauten sich an:

«Das soll ihre Kirche sein?»

Anastasia zuckte die Schultern:

«Ich weiß nicht, aber wenn das stimmt, wäre mir vieles klarer ...»

Zur Rechten lag ein riesiger, menschenleerer Parkplatz (es war ja Freitagabend), von dicken Betonpfeilern umgeben. Gleich dahinter erstreckte sich ein großes, völlig verwildertes Gelände, zu dem schiefe Gitter theoretisch den Zugang versperrten. Aber die vier Jugendlichen, die sich an einem roten Container gegenseitig die Räuberleiter machten, zerstörten diese Illusion. Dahinter befanden sich die zugemauerten Häuser, in denen Marios Bande vergeblich den Pater-Abbé gesucht hatte, dann kam der Boulevard, von dem man nur ferne Lichter sah.

Cheryl zeigte hinüber und fragte:

«Und was ist dort oben?»

«So gut wie nichts. Alle Häuser auf der linken Seite sind geräumt, gegenüber leisten nur noch zwei oder drei Besitzer Widerstand.»

Sie schaltete in den ersten Gang, um zu wenden und in die Zivilisation zurückzugelangen, da zeigte Cheryl auf das Gitter an einem Park:

«Und dort?»

«Das ist der Leopold-Park, ein ehemaliger Zoo, jetzt findest du dort nur noch das Wissenschaftsmuseum und joggende Europa-Beamte. Das hier ist ihr Viertel, sie sind überall. Das heißt, sie arbeiten hier, aber sie wohnen etwas weiter weg, wo es richtige Bäume gibt, echte Kirchen und saubere Luft. Damit meine ich nicht die Parlamentsmitglieder, die sind sowieso nur zu den Sitzungen da, wenn überhaupt.»

Als sie an den zugemauerten Häusern vorbeikamen, bemerkte Cheryl, daß in den oberen Stockwerken oft Licht brannte.

Home sweet home.

Die beiden Mädchen atmeten auf und verbargen nicht ihre Freude darüber, als es zweihundert Meter weiter wieder Großstadtleben und Verkehr gab.

Anastasia zeigte auf die makellose Silhouette eines Gebäudes:

«Und das ist das Berlaymont, weißt du, das sternförmige Haus, das Brüsseler Symbol für Europa. Aber die Beamten mußten vor vier Jahren ausziehen, weil es voller Asbest ist. Sie haben gerade mit den Sanierungsarbeiten angefangen. Es wird alles rausgerissen, die Büros werden völlig renoviert. Sie haben das Gebäude komplett verpackt, damit nicht das ganze Viertel Asbest abbekommt. Beeindruckend, oder?»

«Und ob! Sieht ein bißchen aus wie von Christo. Muß doch schrecklich sein, da drin zu arbeiten. Da darfst du keine Platzangst haben …»

«Soll ich dich zu deinem Hotel bringen? Es ist ganz in der Nähe.»

Um aus dem Viertel hinauszugelangen, mußten sie noch einmal an der verfallenen Kirche vorbei. Beim Einbiegen in den Boulevard fielen ihre Blicke auf ein Feuer hinter dünnen Eisengittern, in etwa dreißig Meter Entfernung. Anastasia kniff die Augen zusammen, und Cheryl beschrieb das Unglaubliche: «Hast du die Typen gesehen? Sie sind nackt! Sie spielen Indianer – mitten im November!» Die beiden Mädchen lachten. Aus der Entfernung und wegen des Motorengeräusches hätten sie das famose «Ramón, Ramón, der ist nicht von Karton» sowieso nicht hören können.

Cheryl konnte ihre Freude darüber verbergen, in der Nähe eines so erstklassigen Viertels zu wohnen. Vor dem Hotel legten sie das Programm für den nächsten Tag fest: Sie wollten die Spur der Patres wiederfinden, für die Angelo sein Leben geopfert hatte. Aufbruch neun Uhr.

Was sie sagten, taten sie auch.

Marios Bande hatte vor allem deshalb ihr altes ramonistisches Ritual wiederaufgenommen, weil sie ihre Muffe vertreiben mußten. Obwohl sie in der Nacht zuvor zwei Stunden lang geduldig gewartet hatten, war ihnen entgangen, wie der Pater-Abbé die Umzäunung um die Baustelle des Berlaymont verlassen hatte, auch der Jeep war nicht zurückgekommen. Je mehr Zeit verging, desto mehr wurde den drei Männern bewußt, daß sich vor ihren Augen merkwürdige Dinge abspielten, und diese Umtriebe erregten ihre Neugier. Mario hatte mehrfach vorgeschlagen, über den grünen Zaun zu klettern und einfach nachzusehen, was dahinter war. Aber die beiden anderen klammerten sich an ihr erstes Vorhaben, den Pater-Abbé zu treffen. Schließlich war schon einer bei der Geschichte hopsgegangen.

Sie hatten Mario beauftragt, den Tag über den Pater aufzuspüren, und als sie sich am nächsten Abend um sieben Uhr trafen, berichtete ihnen ihr Chef, daß er einen Tip aus erster Hand hatte. Die

Begegnung konnte noch am selben Abend stattfinden: Es war der zweite Samstag im Monat November, da war für die Patres der Erlösergemeinde der Treuen Jungfrau eine Wallfahrt angesagt. An diesem Tag (wie auch am 29. April und am 15. August) kamen sie alle aus ihren Löchern, um vor der verfallenen Kirche Buße zu tun und zu beten. Und um sich das Warten zu verkürzen, hatte sich die kleine Bande ein Feuer gegönnt. Wenn Anastasia und Cheryl davon gewußt hätten, hätten sie sich auch irgend etwas einfallen lassen, um die lange Kolonne der Gläubigen mit gesenkten Häuptern, Männer wie Frauen, beobachten zu können. Dabei rutschten einige, unter ihnen der Pater-Abbé, sogar auf den Knien bis zur Schwelle der verrammelten Kirche. Zwischen zwei kerzentragenden Jünglingen legte sich der Pater-Abbé dort auf den Boden, die Arme ausgebreitet, das Gesicht auf dem Bürgersteig. Hinter ihm die siebenunddreißig Gläubigen, reglos und stumm. Wie sie so schweigend dastanden, das war schon beängstigend. Jo, Mario und Ramón, die sich die Klamotten wieder übergezogen hatten, wagten nicht näher zu treten. Daher konnten sie die Predigt des Pater-Abbé nicht hören, aber sie sahen, wie er fast eine Stunde lang gestikulierte, seine Arme zum Himmel hob oder mit einem anklagenden Finger auf das Viertel um sie herum deutete, was bestimmt noch furchterregender war.

Die Phantasie ist manchmal ein schlechter Ratgeber.

Als die Truppe der schwarzen Kutten sich umdrehte, folgte ihnen Marios Bande mit Abstand, bis zu den inzwischen berühmten verlassenen Häusern. Sie betraten das Haus Nummer 17. Auf der Höhe von Nummer 35 hätten sie die Jünger des Pater-Abbé beinah verloren, denn die waren in den Keller hinabgestiegen. Hier blieb Ramón stehen:

«Ich bin nicht sicher, ob wir gerade jetzt ...»

Jo verzog ebenfalls das Gesicht, aber Mario konnte sie beruhigen:

«Wir platzen natürlich nicht mitten in ihre Versammlung rein, wir wollen nur sehen, wo sie sind. Wir warten jetzt eine Weile auf der Treppe, und wenn die andern alle weg sind, gehen wir hin.»

Ramón schien mit dem Plan einverstanden, fügte aber doch mit betrübter Miene hinzu: «Schade, daß wir ihn nicht anrufen können.» Angesichts dieser Feststellung stiegen sie alle drei in den Keller hinunter. Auf halbem Weg zwang die machtvolle Stimme des Pater-Abbé sie stehenzubleiben: «Bereitet euch vor, sie sind ganz nah, aber wir werden uns verteidigen!» Ramón und Jo machten schon eilig kehrt. «Sie haben uns unsere Klöster geraubt, haben uns aus unseren Häusern vertrieben, aber wir werden sie daran hindern, ihr zerstörerisches Werk fortzusetzen.» Mario winkte ihnen, sie sollten zurückkommen. «Die Engel des Bösen wollen sich unserer Kirche bemächtigen. Gott ist auf unserer Seite. Wir müssen uns wehren!» Die einen bedachten diesen Satz mit einem «Halleluja!», die andern, die auf der dunklen Treppe saßen, aber nur mit einem Schulterzucken. Sie hörten den Rest der Predigt, bei der es weiter um geplünderte Kirchen, geräumte Wohnviertel und böse Engel ging, die aus allen Ecken Europas kamen, «um auf unseren Seelen herumzutrampeln».

«Aber», fuhr der Pater-Abbé fort, «wir werden gegen diese Engel des Teufels kämpfen. Und zwar am hellichten Tag, denn unser Kampf ist gerecht. Nur die Feiglinge verstecken sich auf den Treppenstufen, um die Stimme Gottes zu hören. Wenn ihre Gedanken rein sind, sollten sie sich zeigen! Wenn nicht, werden wir sie erbarmungslos zerstören!»

Marios Bande verstand sofort (und zu Recht), daß diese Botschaft an sie persönlich gerichtet war.

11

VICTOR SERGE meinte: ***In allen Tragödien kommt auch der Humor zum Zuge.***

Um Viertel vor neun erwartete Anastasia Cheryl an der Rezeption ihres Hotels, und da kam sie auch schon die Treppe herunter. Bevor sie hinausgingen, sagte Cheryl einer jungen Frau hinter dem Telefontresen, daß sie (auf eigene Kosten) noch zwei, drei Nächte bleiben wollte.

«Das freut mich!» antwortete die Dame und meinte das ehrlich.

Als sie draußen waren, sagte Anastasia:

«Ich habe das Auto meinem Bruder gegeben. Es ist zwar nicht weit, aber ich schlage vor, wir nehmen trotzdem die Metro, dann kann ich dir den Bahnsteig zeigen, wo ...»

Mehr brauchte sie nicht zu sagen. Über ihr weiteres Vorgehen hatte sie aber noch Zweifel:

«Wir könnten noch mal zur Kirche gehen, aber wenn wir da nichts finden ...»

«Das sehen wir ja. Wir werden die Adresse der Patres der Heiligen Jungfrau schon rauskriegen ...»

Anastasia unterbrach sie:

«... Die Patres von der Erlösergemeinde zur Auferstehung der Treuen Jungfrau, ich habe gestern abend in einer alten Zeitung nachgesehen.»

«Na also, jetzt wissen wir schon ihren Namen, dann werden wir sie wohl auch treffen!» Cheryl war in einer Don-Quichote-Laune aufgestanden, nun posaunte sie: «Dann sehen wir, woher der Wind weht, und wenn es wirklich stinkt, weiß nicht, dann werden wir jemand benachrichtigen müssen. Ich hätte ehrlich Schwierigkeiten, mich noch einmal im Spiegel anzusehen, wenn den Kindern irgend etwas passiert.»

Ihre Energie steckte auch die Freundin an.

Im Augenblick hätten sich sogar tschetschenische Rebellen soviel geballter Entschlossenheit gebeugt.

Die Fahrt in der Metro ging wirklich schnell. Sie stiegen in Mérode um 9.03 Uhr ein und in Schuman, eine Station weiter, um 9.07 Uhr aus. Cheryl schaute sich schon um, aber Anastasia zog sie zum Ausgang:

«Es ist an der Fernbahn passiert, nicht hier.»

Sie durchquerten die Bahnhofshalle, stiegen eine stehende Rolltreppe hinauf und kamen an einem Zeitungskiosk heraus. Cheryl sah einen Schalter, ein kleines Wartehäuschen aus Plexiglas und dann das Gleis. Der einzige Bahnsteig war leicht gekrümmt. Rechts verschwanden die Gleise in einem Tunnel, der zwanzig Meter weiter begann, links öffnete sich der Bahnhof zur Stadt und gegenüber war (völlig unscheinbar) die Tür, hinter der Mario von einem

Logenplatz den Mord an Angelo hatte mit ansehen können.

Anastasia sprach etwas leiser. Nur wegen der Umstände, denn es war keiner da.

«Nach allem, was ich gelesen habe, ist es da ganz hinten passiert.»

Sie machte eine Handbewegung in Richtung Tunnel und folgte Cheryl, die schon dorthin loslief. Tatsächlich, ganz am Ende sahen sie, unter einer dicken grünen Ampel, daß die hellgelben Kacheln vor kurzem geputzt worden waren. Auch einige schwarze Spuren am Boden wiesen auf das Unglück hin. Zwar befanden sie sich nun am Ort der Tragödie, aber sie konnten ihren Sinn immer noch nicht entziffern. Die Ratlosigkeit und dazu der Novemberwind, der ihre Waden, Hände und Wangen einfrieren ließ, zog sie wieder zum Ausgang. Sie verließen also den Bahnhof und erreichten eine Brücke über den Boulevard. Von dieser zufälligen Aussichtsterrasse deutete Anastasia auf die verlassene Kirche, vor der sie am Vorabend gehalten hatten. Von hier aus hatten sie einen unvergleichlichen Panoramablick über die riesige, von Baumaschinen plattgewalzte Einöde. Dahinter entdeckte Cheryl die Gitter des Leopold-Parks, am Ende des Geländes, das ihr in seiner Verlassenheit schon fast vertraut vorkam. Sie suchte die Stelle, wo die drei jungen Leute um das Lagerfeuer getanzt hatten (wenn Marios Bande das gehört hätte! …), und fand sie ohne weiteres. Der Park gegenüber, die Kapelle und die verrammelte Kirche, rechts die seltsamen Zufahrtsrampen und die leerstehenden Häuser, links, in der Mitte, das Gebiet, das vom Boulevard durchschnitten wurde, und irgendwo mittendrin die Patres von der Erlösergemeinde zur Auferstehung der Treuen Jungfrau. Anastasia zog Cheryl zu einer düsteren Treppe am Ende des Bahnsteigs, sie kamen unter der Brücke heraus, über die sie gerade gegangen waren.

«Willkommen in Maelbeek!»

Anastasia deutete auf das Schild an der Metrostation ganz in der Nähe, und Cheryl überholte sie, den Zaun entlang, der den Zugang zu den heiligen Stätten verwehrte.

«Huhu, Patres, hier sind wir.»

Cheryl sang im Weitergehen vor sich hin, gar nicht erstaunt, daß keiner ihr antwortete. Als sie vor der Kirche stand, die mit ihren schwarzen Fenstern und dem immer noch stolz obenauf gepflanzten Kreuz fast drohend über ihr aufragte, schaute sie sich etwas verloren um:

«Verdammt, wo sind sie nur? So finden wir sie nie!»

Anastasia versuchte, den drohenden Pessimismus zu vertreiben:

«Hör mal, wir brauchen nur da herumzugehen», sie zeigte nach links, «vielleicht finden wir was ...»

Sie eilte schon los, aber Cheryl rief sie zurück:

«Warte!»

Cheryl zwängte sich durch das lose Gitter vor der Kirche:

«Ich werf mal einen Blick rein.»

In ihre Hände blasend, kam Anastasia wieder:

«Siehst du was?»

Cheryl schaute durchs Schlüsselloch:

«Abfall und Graffiti, Glasscherben, kaputte Möbel. Lauter Müll. Du kannst sicher sein, da war seit einiger Zeit niemand mehr drin.» Sie stieg ein paar Stufen hinunter und stapfte durch das Unkraut und das schmutzige Papier bis zur Kapelle. Gleiches Vorgehen, gleiche Feststellung.

Anastasia rief ihr zu:

«Komm, wir müssen nur die Straße raufgehen, dann finden wir sie schon.»

Während also Pulp las:

Grad weil du nichts bist bist du mein
Und trauerst um mich o mein Schatten,

immer noch von Apollinaire, bevor er im *Pied de Porc à la Sainte-Scolasse* zu Abend aß, gingen die beiden jungen Friseusen und Detektivlehrlinge an entmieteten Häusern entlang. Auf der Höhe von Nummer 35 überraschte sie ein Stück Sperrholz, das gewaltsam geöffnet wurde, um drei Männer herauszulassen, die blinzelten, da das Tageslicht ihre Augen reizte. Wenn sie dazu in der Lage gewesen wären, hätten Mario, Jo und Ramón auch mit den Seelen geblinzelt, so anstrengend war die Nacht gewesen, die sie mit den Patres von der Erlösergemeinde verbracht hatten. Überdies war es ihnen mitten in diesen stundenlangen Gebeten und Fürbitten nicht gelungen, den Pater-Abbé zu einem Gespräch unter acht Augen zu zwingen, um ihm ihre Fragen zu stellen.

So begegnete die Bande von Mario, zusammengesetzt aus Jo, Ramón und Mario, der Bande von Cheryl, bestehend aus Cheryl und Anastasia. Die Biographen sollten sich das notieren, es wird manchmal so viel Unfug geschrieben …

Da Cheryl (sehr zu Recht) schätzte, daß die Vorsehung ihnen diese drei Menschen auf den Weg geschickt hatte (sie waren die einzigen, die ihnen seit ihrer Ankunft hier begegnet waren), fragte sie hastig:

«Wir suchen die Patres von der Erlösergemeinde der ...»

Anastasia flüsterte ihr den exakten Namen ein:

«... zur Auferstehung der Treuen Jungfrau.»

Die Mitglieder von Marios Bande schauten sich entgeistert an (dieser Moment des Schwimmens entging den Mädchen nicht), bevor sie beschlossen, daß die Begegnung dem Zufall entsprang und nicht etwa irgendeiner göttlichen Macht. Offensichtlich erleichtert, antwortete Mario im Ton des Fremdenführers, der er nie sein würde:

«Ach ja. Sie finden den Pater-Abbé im Park», er deutete auf das Gitter weiter unten. «Um diese Zeit sitzt er oft auf der Bank am Teich.»

Eine so leichte und genaue Auskunft erstaunte die Mädchen ein wenig, aber sie hatten keinen Grund, an Marios Ehrlichkeit zu zweifeln. Vielleicht war ja die ganze Welt im Bilde, nur sie nicht. Sie waren dennoch vorsichtig und ließen die drei Typen die Straße wieder hinaufgehen, bevor sie selbst umkehrten. Aber die waren für alle Fälle ebenso vorsichtig und gingen weiter, bis sie außer Blickweite waren, bevor sie sich vor Lachen ausschütteten und auf die Schenkel klopften. Cheryl und Anastasia gingen durch das (denkmalgeschützte) Gitter des Parks und schauten sich nach dem Teich um, fanden ihn zu ihrer Linken und wandten sich recht zuversichtlich in diese Richtung. Sie waren fast ganz um den Teich herumgegangen, als sie einen Mann von mittlerem Gewicht, mit kurzgeschnittenem ergrautem Haar erkannten, der auf einer Bank saß. Als sie vor ihm stehenblieben, versuchte Cheryl, seinen Blick zu erhaschen, der hinter einer dicken Schildpattbrille verloren war:

«Guten Tag, Monsieur, entschuldigen Sie, daß wir Ihre Ruhe stören, wir suchen den Pater-Abbé, wir sind Freundinnen von Angelo und würden gerne Trost bei seiner Gemeinde finden.» (Sie war instinktiv auf diese Argumentation gekommen und fand sie sofort passend; sie drehte sich übrigens nach Anastasia um, die ihr mit erhobenem Daumen Beifall spendete.)

Der vermutete Pater-Abbé zeigte keine Regung.

Anastasia fuchtelte mit der Hand vor seinen Augen:

«Glaubst du, daß er meditiert?»

«Weiß nicht, vielleicht ist er taub ... und blind.»

Cheryl legte ihm die Hand auf die Schulter und sprach lauter:

«MONSIEUR! SIND SIE DER PATER-ABBÉ, HE, HE?»

Sie wollte noch mehr sagen, als sie spürte, wie sie etwas an der Schulter traf. Anastasia und Cheryl drehten sich gleichzeitig um und sahen einen kleinen Mann gut über Sechzig, der auf sie zurannte und sie mit Brotkügelchen bewarf, die ursprünglich für die Enten bestimmt waren.

VICTOR SERGE meinte: ***Es gibt Leute, die in schönen Worten jede Gewalt, jede Diktatur ablehnen, sie setzen, um der Unterdrückung, dem Elend, der Prostitution und den Kriegen ein Ende zu bereiten, einzig auf die vor allem literarische Wirkung des Geistes.***

Sich mit einer Hand gegen die Würfe schützend, machten Anastasia und Cheryl mit der anderen beschwichtigende Gesten, aber die Wut des Mannes, der auf sie zulief, schien sich nicht zu legen:

«Lassen Sie ihn in Ruhe, verstanden?»

«Aber wir wollen ihm doch nichts Böses, wir suchen nur eine Auskunft ...»

«Ich weiß, das sagen sie immer, und dann finde ich ihn, wie er völlig durcheinander auf der Bank steht und singt ...»

Cheryl und Anastasia schauten sich unentschlossen an. Der Mann hatte sie jetzt erreicht, aber da ihm die Munition ausgegangen war, hatte er die Bombardierung eingestellt. Cheryl unternahm einen letzten Versöhnungsversuch:

«Sie können uns wirklich glauben, wir suchen den Pater-Abbé, der die Erlösergemeinde leitet ... das heißt ...» Sie hatte offenkundig große Schwierigkeiten mit diesem komplizierten und ein wenig zungenbrecherischen Namen, andere Organisationen haben übrigens schon lange den Vorteil einer kurzen, treffenden Benennung herausgefunden, wie CIA, PLO, Jihad, UNICEF, GIA, RAF, IAM etc. «Kurz, wir haben eben drei junge Leute getroffen», sie machte eine Armbewegung zur Straße, von der sie gekommen waren, «die haben uns gesagt, es sei dieser Mann.»

Während des ganzen Gesprächs hatte sich der Mann, der immer noch auf seiner Bank saß, nicht gerührt, der Kügelchenschütze hingegen schien sich beruhigt zu haben.

«Ach, dann müssen Sie mich entschuldigen. Da hat man Sie angeführt ...», er streckte ihnen die Hand hin. «Ich heiße Paul Lacomblé, ich bin oft hier im Viertel und habe mir angewöhnt, Mateo zu beschützen.» Er zeigte auf den immer noch Regungslosen. «Er ist Arbeitssoziologe, er war sogar Universitätsprofessor, bis er eines Tages während eines Streiks, keiner weiß, wie es eigentlich passiert ist, vor seinem Fernseher völlig ausgerastet ist. Seither verbringt er seine Tage hier, manchmal sogar die Nächte. Normalerweise gibt es keine Probleme, aber wenn die Kinder oder seine früheren Studenten ihn ärgern, singt er nicht gerade stubenreine Lieder ... Ja, so ist das. Und Sie suchen also Felix und seine Spinner-Gemeinde?»

Aus Angst, ihn zu stoppen, da er so schön in Fahrt war, begnügten die Mädchen sich mit einem Kopfnicken, und tatsächlich sprach Paul Lacomblé weiter:

«Den werden Sie hier nicht finden, die mögen das Licht nicht besonders bei ihrem ... Geschäft. Im Gegensatz zu den Kleinen Schwestern von der Erlösung, die ihr Kloster dort drüben hatten», er machte eine Geste zum anderen Ufer des Teiches, dann lachte er und drehte sich einmal um die eigene Achse. «Der Schein trügt, dies ist ein sehr schönes Viertel, alle Adligen hatten hier ihre Besitzungen, große Klasse. Aber ich schweife ab. Wenn Sie möchten, kann ich Sie Felix vorstellen, außer Sie sind Journalisten oder so was Beknacktes, denn Felix ist nett, aber er läßt sich nicht gerne reinlegen ...»

Cheryl beruhigte ihn:

«Wir möchten nur seine Bewegung besser kennenlernen, der junge Mann, der sich umgebracht hat, war ein Freund von uns und ...»

Paul Lacomblé zog bekümmert die Augenbrauen zusammen:

«Was für eine schreckliche Geschichte! Und wie schade vor allem, daß es so weit kommen mußte, ich kann es übrigens verstehen, wissen Sie ... Also gut, wenn Sie wollen, bringe ich Sie hin, aber Sie müssen am späten Nachmittag wiederkommen, gegen halb sechs, vorher hat es keinen Sinn, da schläft er. Einverstanden?»

Die Mädchen waren mehr als einverstanden, sie waren begeistert.

Paul Lacomblé erzählte ihnen noch ein wenig vom Park, von den berühmten Persönlichkeiten, die hergekommen waren, als die Wissenschaftlersiedlung hier gegründet wurde, sogar Einstein und Marie Curie! Dann trippelte er, nachdem er sich für den späten Nachmittag mit ihnen verabredet hatte, davon. Cheryl und Anastasia kehrten ebenfalls um und ließen Mateo allein, mit vom Wind roter Nase und in unergründliche Gedanken versunken.

Wenige hundert Meter davon entfernt bedankte sich Felix, der Pater-Abbé, gerade bei seinen Anhängern, daß sie so zahlreich zur Prozession gekommen waren und die ganze Nacht mit ihm gebetet hatten. Nachdem der letzte gegangen war, steckte

Felix seine schwarze Kutte in eine Plastiktüte und setzte sich erst mal, erschöpft und erfreut, daß er sich bald dem Schlaf hingeben konnte.

Cheryl und Anastasia wurden sich schnell einig, daß sie sich aus dem Viertel raus und in angenehmere Gefilde begeben wollten, in diesem Fall in Anastasias Wohnung. Sie waren gerade bei dem Thema, ob Mikrowelle mit oder ohne Grill besser wäre, als Mario beschloß, den Pater-Abbé aufzusuchen, ohne zu wissen, daß er ihn wecken mußte.

«Vorhin konnten wir nicht mit ihm reden, weil die anderen da waren, wir müssen ihn unbedingt alleine antreffen. Jo, du gehst mal nachschauen, und wenn keiner da ist, rücken wir ihm auf die Pelle.»

13

VICTOR SERGE meinte: ***Zu lügen ist höchst gefährlich, denn es ist äußerst schwierig, ein lückenloses System zu erfinden.***

Als Jo zurückkehrte, beruhigte er seine Kumpel:

«Das Untergeschoß ist wie ausgestorben, alle Jünger sind weg.»

Ramón, der eben eingeschlafen war, wurde von Mario unsanft wachgerüttelt:

«Komm, wir können gehen.»

«He, halt mal, wir wissen nicht mal, ob er da ist.»

«Uns egal, wenn er weg ist, warten wir auf ihn.»

Kinderleicht.

Aber Felix war noch da. Zum einen, weil er müde war, zum anderen, weil er nirgendwo anders hingehen konnte. Wenn die religiösen Versammlungen vorbei waren, streckte er sich in einer Ecke des mit schweren schwarzen Stores behängten Raumes aus, der ihnen als Kirche diente. Den Bastlern von der Rockgruppe, die den Speicher besetzt hatten, war es gelungen, das Wasser anzuschließen, so daß es ihm an nichts fehlte. Und wenn ihn wirklich ein Verlangen nach Erfrischung überkam (das war recht selten), ging er sieben Häuser weiter, um sich ein Bad in dem (sehr) alternativen Badezentrum zu gönnen, das echte bärtige Umweltschützer eröffnet hatten. Felix, der Pater-Abbé der Erlösergemeinde zur Auferstehung der Treuen Jungfrau, war ein glücklicher Mann, bis Marios Bande eintraf.

Als er bemerkt hatte, wie sie sich in der vorigen Nacht hinter seine Schäfchen geschlichen hatten, führte er das auf reine Neugier zurück und meinte, daß er sie nach der Nacht des Gebets, die er ihnen aufgezwungen hatte, nicht mehr wiedersehen würde. Irrtum. Er hatte kaum die Augen geschlossen, als der bärtige Kahlkopf schon wieder hereinkam:

«Pater-Abbé, Pater-Abbé?»

Er tastete sich vorwärts (die Batterien in Ramóns Taschenlampe waren leer), seine beiden Kameraden dicht hinter ihm, und hätte beinah die Hand des Paters gestreift, der mit einem Satz aufsprang:

«Was wollt ihr jetzt noch? Euch bekehren? Die Kirche wird euch nicht so einfach aufnehmen, da müßt ihr mindestens sieben Monate Buße tun, bevor wir euch in unseren Reihen empfangen. Jetzt kniet erst mal nieder!»

Seine natürliche Autorität brachte bereits die Knie von Ramón und Jo zum Einknicken, woraufhin Jo von Mario einen kräftigen Knuff in die Seite bezog.

«Nein, Pater», legte Mario los, «wir sind gekommen, um mit Ihnen über den Mann zu sprechen, der sich umgebracht hat. Angelo? Heißt er so?»

«Angelo!» Der Pater warf die Hände zur Decke. «Der heilige Angelo, unser Führer, er hat uns den Weg gezeigt ...»

Mario versuchte, den Redeschwall zu unterbrechen. Im Schein der Kerze, die Jo gerade angezündet hatte, ging er auf den Pater zu und überschrie endlich die göttlichen Worte:

«Ich war dabei, es war kein Selbstmord. Zwei Männer haben ihn getötet, sie haben auch die Abschiedsworte und die Kreuze hingemalt.»

Das eintretende Schweigen wog mehrere Tonnen, die noch erhobenen Arme des Pater-Abbé schienen es immer weniger halten zu können, schließlich ließ er sie halb herab, nur seine Hände bewegten sich noch in Schulterhöhe, als wollte er sie zu «Zeigt her eure Füßchen» tanzen lassen. Stattdessen fragte er sie:

«Zwei andere haben ihm dabei geholfen? Waren sie auch aus unserer Gemeinschaft?»

«Keiner hat ihm geholfen, zwei Männer haben ihn verfolgt, zusammengeschlagen, dann mit Benzin übergossen und auf dem Bahnsteig abgefackelt.»

Mario hatte den Satz gesprochen, ohne einmal Luft zu holen, so erleichtert war er, sein Gewissen zu entlasten und die theologischen Reden des Pater-Abbé endlich zu stoppen.

Ramón fand, wenn auch vorsichtig, Mario hatte das sehr gut gemacht. Jetzt fragte er sich nur, wie er auf das Rätsel vom Berlaymont kommen sollte, aber er rührte sich nicht, um die Schockwelle nicht aufzuhalten, die den Pater-Abbé erfaßt hatte. Mit immer noch fester Stimme schloß dieser:

«Das heißt, sie haben ihn getötet ...»

Die Mitglieder der Bande von Mario begnügten sich damit, zustimmend mit dem Kopf zu nicken, Felix konnte sie ohnehin kaum erkennen.

«Dann ist es soweit, die Zeit des Großreinemachens ist gekommen, jetzt wird sie nichts mehr aufhalten! Ich bin der einzige, der die Engel des Bösen aufhalten kann. Laßt mich allein, ich muß mich vorbereiten ...»

Ramón und Jo zogen sich schon in Richtung Treppe zurück, doch sie hatten nicht mit der Dickköpfigkeit ihres Chefs gerechnet:

«Ich bin gekommen und habe Ihnen das gesagt, weil mich das Leben in diesem Viertel interessiert. Ich lebe hier ... und deshalb möchte ich Sie auch fragen, ob Sie wissen, was im Berlaymont vorgeht.»

Offensichtlich war der Pater-Abbé jetzt in der Defensive:

«Sie reißen das Asbest raus, also da seid ihr sicher die einzigen, die das nicht wissen!»

«Doch, doch ... aber abends?»

Wieder dröhnte die Stimme des Geistlichen:

«Abends? Abends! Aber lieber Freund, abends ...» (er kniff die Augen ein wenig zusammen, um die Wirkung zu steigern) «rette ich die Menschheit! Die Engel des Bösen sind aus allen Ecken Europas hergekommen, um sich in diesem Viertel niederzulassen, sie haben unsere Häuser abgerissen, haben uns unser Viertel weggenommen, haben unsere Künstler vertrieben. Aber gegen diese zerstörerischen Kräfte hat sich ein Mann erhoben. Und der bin ich. Ich sühne ihre Fehler, ich kaufe die Seele dieser Straßen zurück, die sie vergewaltigt haben. Ich segne, ich segne mit aller Kraft. Ich spüre in euch große ungenutzte Energien, ihr werdet mir in meinem Gnadenwerk helfen, zusammen werden wir die Agenten des Teufels niederwerfen, die den armen Angelo vernichtet haben. Unseren Heiligen. Kommt um sechs Uhr wieder hierher, ich bereite solange die Weihrauchgefäße vor.»

Darauf blies der Pater-Abbé, ohne ein weiteres Wort, die Kerze aus, die Jo immer noch hielt, und sank auf seinem Behelfsbett zusammen.

Ganz offensichtlich war die nachmittägliche Beichte beendet.

Marios Bande zog Leine.

Sehr weit entfernt (zumindest geographisch) von diesen seltsamen Geständnissen hatten Anastasia und Cheryl sich ihre Unfähigkeit zu kochen, ihre Liebeserwartungen und ihr Mitleid mit den Kriegsopfern gebeichtet. Von den Kindern im Krieg waren sie ziemlich direkt zu den Kindern von Angelo gelangt und dann zu ihrer anstehenden Verabredung.

«... Aber vorher muß ich noch anrufen», hatte Cheryl gemeint.

«Kein Problem, du kannst von hier aus telefonieren», hatte ihre Freundin gesagt, und war diskret in der Küche verschwunden, ohne jedoch die Tür zu schließen (höflich, aber neugierig).

Hocherfreut, daß sie sich nicht in ein eisiges

Telefonhäuschen begeben mußte, rief Cheryl im *Pied de Porc à la Sainte-Scolasse* an, wohl in der heimlichen Hoffnung, daß Gabriel dort wäre. Aber er war nicht da. Maria, die abgenommen hatte, sagte nur:

«Den Aperitif hat er hier getrunken, aber er ist nicht zum Essen geblieben.»

«Das ist nicht schlimm (Lügnerin!), ich wollte ihm nur mitteilen, daß ich noch ein paar Tage in Brüssel bleibe.»

«Haben sie den Lehrgang verlängert?»

«Nein, ich habe eine Freundin gefunden und nehme ein paar Tage Urlaub.»

«Na gut, ich hoffe, daß du dich nicht erkältest, wir frieren uns hier einen ab.»

Wie alle Spanierinnen bekam Maria einen psychologischen Schnupfen, sobald das Thermometer unter zehn Grad anzeigte.

«Keine Sorge, ich pass auf mich auf! Küßchen.»

«Wenn du bei der Abfahrt anrufst, kann Vlad dich vom Bahnhof abholen.»

«Mal sehen. Bis bald.»

«Dann bis bald, und keine Angst, ich sag es ihm …»

Beim Auflegen sah Cheryl Maria in der Küche hinter dem Restaurant genau vor sich, dann die Rue Popincourt, ein paar Meter weiter, und ihr barbierosa Zimmer über dem Salon: Von hier aus betrachtet, schien diese Welt einer anderen Galaxie anzugehören. Was wieder einmal bewies, daß Exotik nicht von der Entfernung abhing. Anastasia kam schnell herbei und meinte, es sei Zeit zu gehen, wenn sie Paul Lacomblé noch antreffen wollten. Während sie die mit rotem und schwarzem Linoleum belegte Treppe hinunterstiegen, schimpfte Anastasia auf ihren Bruder:

«Dieser Blödmann hat sich eine Freundin in der Gegend von Huy zugelegt, ist das nicht idiotisch? Vor allem wenn man kein Auto hat. Jeden Samstag das gleiche Theater: ‹Bitte, bitte, liebstes Schwesterlein› und patati, patata. Kurz gesagt, als ich gestern abend nach Hause kam, waren zehn Nachrichten auf meinem Anrufbeantworter, also ...»

Sobald sie diese Reden hörte, schaltete Cheryl direkt auf ‹Salon›, das heißt ihr Bewußtsein auf Automatikbetrieb. Von Zeit zu Zeit nickte sie mit dem Kopf oder sagte ab und zu «Ja». In ihrem Beruf verbrachte Cheryl manchmal einen halben Tag in diesem Zustand, besonders wenn Marie-Louise zur selben Zeit zum Färben kam wie Madame Jocelyne für die Dauerwelle. Ihr sechster Sinn gab ihr ein, wann sie wieder auf Handbetrieb zurückschalten mußte. Sie waren gerade aus der Metro gestiegen, und Anastasia blieb kurz auf dem Bahnsteig stehen:

«Wir können es uns aussuchen, nach links kommen wir an den Bürogebäuden heraus, die sind am Wochenende wie ausgestorben. Und nach rechts unter der Brücke hinter der Kirche, die du schon kennst. Wo willst du dich lieber abmurksen lassen?»

«An der Kirche.»

Ihre Stiefeletten klapperten auf den Stufen, Anastasia zeigte Cheryl eine Spraydose:

«Ich habe mein Spray bei mir, für alle Fälle ...»

«Tränengas?»

«Nein, das milde Fa, aber mitten ins Gesicht hat es die gleiche Wirkung.»

Sie lachten, und Cheryl mußte ihrerseits zugeben:

«In meiner Handtasche sind alle meine Scheren, und ich schwöre, ich schneide Stufen rein …»

«Oh, oh! Ist das alles, was du von dem zweitägigen Lehrgang bei Jacques Pervenche behalten hast? Er wird dir die Lizenz entziehen, wenn du nicht artig bist …»

Anastasia hatte noch nicht zu Ende gesprochen, als Paul Lacomblé mit großen Armbewegungen auf sie zueierte:

«Schnell, kommen Sie, ich habe eben gesehen, wie er aus seinem Haus herauskam», er wies zu den leerstehenden Häusern hinüber, «ich habe versucht, ihn zu rufen, aber er hat nichts gehört. Es waren noch drei andere bei ihm, Typen aus dem Viertel. Sie sind da hinaufgegangen, wenn wir auf der anderen Seite herumlaufen, können wir sie vielleicht noch einholen …»

Er kehrte mit ihnen um und ging über die Brücke voraus. Anastasia und Cheryl hatten keinerlei Schwierigkeiten, dem Mann zu folgen, der schnell außer Atem geriet. Sie überquerten einen finsteren kleinen Platz, dahinter ragte ein Flügel des Berlaymont auf. Bevor sie es erreichten, liefen sie an einem weiteren, etwa zwanzigstöckigen Gebäude mit leeren Fensterhöhlen entlang. Kurzatmig, aber ohne langsamer zu gehen, erklärte ihnen ihr Führer: «Das ist das Charlemagne, ein weiteres europäisches Gebäude, da machen sie auch alles neu.» Sie wollten gerade über die Straße, aber Paul Laclomblé war zwar kurzatmig, doch auch scharfsichtig. Er deutete auf eine Gruppe, die eben vor dem grünen Zaun etwa fünfzig Meter rechts von ihnen stehengeblieben war:

«Da sind sie.» Nicht ohne Stolz, daß er sie wiedergefunden hatte, fügte er hinzu: «Ich war sicher, daß wir sie einholen würden, wenn wir so abkürzen, denn ich hatte schon bemerkt, daß Pater Felix sich in der letzten Zeit häufig hier herumtreibt.»

Beim Weitergehen erkannten sie in der Dämmerung vier Gestalten, dann drei, dann, in dem Moment, in dem Paul Lacomblé schrie: «Felix, he, Felix, ich bin's, Paul!», war Cheryl sicher, daß sie nur noch zwei sah.

Paul hatte es übrigens auch bemerkt, denn er sagte: «Aber wo gehen die denn hin?»

14

VICTOR SERGE meinte: ***In bezug auf Repression und Terror bringen Revolutionen nichts Neues.***

Über sein Weihrauchfaß stolpernd (es hing, wie bei seinen beiden Genossen auch, am Ende eines langen goldenen Stabs; in Wirklichkeit an einem gewöhnlichen Besenstiel, der mit goldfarbenem Isoliermaterial überzogen war), wäre Mario beinah hingefallen, als er hörte, wie der Pater-Abbé sie fluchend zurückrief. Jo vor sich her schubsend, der im Zaun hängengeblieben war, stieg er eben heraus, als zwei Tulpen und ein Typ um die Sechzig eintrudelten.

In dem Moment, als er sich sagte: ‹Scheiße, das

sind ja die beiden Tussis von heute morgen!›, meinte Cheryl, die ihn gleichzeitig erkannt hatte, zu Paul:

«Er war es, er hat uns in den Park geschickt!»

Paul Lacomblé setzte seine strenge Miene auf (die nur seine Enkelkinder einschüchterte, wenn überhaupt):

«Können Sie den armen Mateo nicht in Ruhe lassen?»

Mario hob die Augenbrauen und drehte sich auf der Suche nach einem Schuldigen um, was jedoch niemanden täuschte. Der Pater-Abbé blitzte ihn ärgerlich an, bevor er sich auf die kleine Gruppe konzentrierte, die sie eben gestört hatte:

«Ich bin hocherfreut, dich zu sehen, lieber Paul», sagte er in höchst heuchlerischem Ton.

«Ich auch, ich habe dich gesucht, diese jungen Damen», er deutete auf Anastasia und Cheryl, «wollten dich treffen, da habe ich mir das Vergnügen bereitet ...» (seine Hände gingen zwischen dem Abbé und den Mädchen, die hinter ihm standen, hin und her).

Der Pater-Abbé erhob die Hände, zum Zeichen des Danks oder des Segens:

«Das ist sehr nett von dir, es wird mir ein Vergnügen sein, sie sehr bald persönlich zu empfangen. Vielleicht morgen?»

Cheryl mischte sich ein:

«Oder jetzt gleich. Wir haben es ziemlich eilig und ...»

«Nein, ich bin im Augenblick beschäftigt, eine wichtige Verabredung.»

Ramón und Jo zeigten mit ihren langen Weihrauchfässern auf dem Rücken eine gewisse Ungeduld. Die kleine Ansammlung würde irgendwann auffallen. Ihre wiederholten Blicke nach allen Seiten entgingen auch Paul nicht. Er meinte zu wissen, was sie vorhatten, und sagte in plump vertraulichem Ton:

«Ich finde, ihr seid ganz schön mutig, auf dieser Baustelle klauen zu wollen, die würde ich nie betreten. Für nichts auf der Welt!»

Zusammen mit dem Namen Angelo, den Cheryl eben ausgesprochen hatte, löste diese Bemerkung im Kopf des Pater-Abbé einen wütenden Sturm aus, so daß ihm eine Art Röhren entfuhr:

«Jetzt reicht es aber!»

Er breitete seine Arme in einer großen Gebärde aus, als wollte er sie alle umfangen:

«Kommt, die Lüge hat lange genug Bestand gehabt, es ist Zeit, wieder für die Wahrheit zu sorgen, wir wollen ein wenig weiter nach unten gehen, da können wir reden.»

Er führte sie in Richtung Rue Taciturne, aus der Anastasia, Paul und Cheryl eben gekommen waren. Den kleinen Platz hinter sich lassend, schlug der Pater-Abbé einen so raschen Schritt an, daß die anderen ihm kaum folgen konnten. Hinter Marios Bande ließ Anastasia Paul vorausgehen, um Cheryl zuzuflüstern:

«Meine Hand ist immer an der Spraydose, wenn es Probleme gibt, verdrücken wir uns und rennen, so schnell wir können, weg.»

Cheryl stimmte mit einem Kopfnicken zu, als der Pater-Abbé auf ein verfallenes Haus deutete, an dem er eben das Vorhängeschloß aufgebrochen hatte. Wie ein Echo hörte Cheryl die Stimme von Maria:

«Paß auf dich auf!» Sie selbst hätte in einer ähnlichen Situation anderen auch diesen Rat gegeben, aber heute konnte sie sich leider nicht daran halten. Es ging schließlich um Angelo, seine Kinder und all das. Aber auch um die Geschichte, die in Gang gekommen war, um die Verknüpfung von Zufällen, die sie hierhergebracht hatte. Kurz, sie blieb dran.

Wir möchten an dieser Stelle darauf hinweisen, daß viele Leute schon ausgeraubt wurden oder Schlimmeres, weil sie so blind durchs Leben gestolpert sind. Aber das ist hier jetzt nicht das Thema.

Daß der sympathische Sechzigjährige und der Geistliche mit von der Partie waren, hatte sicher auch zur Minderung von Cheryls naturgegebener Vorsicht beigetragen. Was konnte ihr bei denen schon passieren? Kurz, sie betraten alle das Haus. An der verwüsteten Einrichtung des Erdgeschosses vorbei stieg der Pater-Abbé in den ersten Stock. In einem der hinteren Räume wies er ihnen die Bänke zu, die an den Wänden aufgereiht standen, während er eine starke, hinter einer Tür versteckte Lampe einschaltete:

«Dies hier benutzen wir manchmal als Kirche, wenn unser Raum drüben besetzt ist.» Er wandte sich zuerst an Paul: «Du glaubst also auch an ihr Geschwätz. Hast du nicht verstanden, daß sie uns endgültig aus dem Viertel vertreiben wollen? Daß sie, hinter dem gigantischen weißen Tuch verborgen, im Untergrund des Gebäudes, das unseren Niedergang verursachte, skrupellos unsere endgültige Vernichtung planen? Angelo haben sie schon erwischt! Es ist unsere letzte Chance, wir müssen aktiv werden, eine Armee aufstellen ... KÄMPFEN!»

Er brüllte das Ende des Satzes mit 120 Dezibel, aber trotz dieser wahnwitzigen Energie blieb die Versammlung recht still. Kein Hurra, keine Geste der Bewunderung oder der Anteilnahme … nichts. Marios Bande verbarg nicht einmal, wie sie die Augen gen Himmel drehten. Dazu ist zu sagen, daß sie schon eine ganze Nacht Predigten hinter sich hatte sowie einen Anschiß vor einer halben Stunde. Von seiten des Friseurhandwerks fußte die mangelnde Begeisterung eher auf einem allgemeinen Unverständnis, während Paul Lacomblé leicht verwundert war über den kriegerischen Ton. Er versuchte zu vermitteln:

«Ja, Felix, du weißt, wir sind über das Viertel einer Meinung, du weißt, wie ich dafür gekämpft habe, aber ich denke, man soll nicht übertreiben, es ist sicher nicht von Nutzen, die Konfrontation zu suchen …»

«Paul! Es wird Zeit, den Realitäten ins Auge zu blicken. Dein Amt als Vorsitzender des Bürgerkomitees – das erinnert einen zwar an die gute alte Apo-Zeit, aber du hast keine Ahnung, was die vorhaben. Sie haben Angelo getötet! Hörst du! Sie waren es, sie haben ihn ermordet.» (Beim Aussprechen der letzten Noten warf sich der Pater-Abbé auf die Knie.)

Cheryl und Anastasia wurde die Wendung der Ereignisse ein wenig peinlich, obwohl die regelmäßige Erwähnung von Angelo ihre Anwesenheit rechtfertigte. Ihr Führer versuchte ein weiteres Mal, die Atmosphäre zu entspannen, er verzog zweifelnd den Mund und beschwichtigte Felix (in dem Ton, wie man in der Psychiatrie Erregte beruhigt, was dem Pater-Abbé nicht entging):

«Aber, aber, du nimmst dir das zu sehr zu Herzen, dieser arme junge Mann hatte wahrscheinlich schwere Probleme in seiner Ehe oder seinem Beruf ...»

Cheryl stimmte im Geiste zu, indem sie an Livia dachte, aber der Pater-Abbé reagierte heftig:

«Nein, er ist ermordet worden», er zeigte auf Mario, «frag ihn nach den Einzelheiten, er hat alles gesehen ...»

Mario hätte es vorgezogen, wenn diese Information nicht weiterverbreitet worden wäre, aber er nickte zustimmend. Unter dem drängenden Blick Pauls erzählte er schließlich in allen Einzelheiten, was er von dem Elektrohäuschen aus gesehen hatte. Das war eine Enthüllung! Auch eine Viertelstunde später hatten sie sich noch nicht davon erholt. Cheryl und Anastasia waren erfreut gewesen, daß sie den Pater-Abbé getroffen hatten, aber auf so eine Nachricht waren sie nicht gefaßt. Sogar die, die es vorher gewußt hatten, verfransten sich mit den anderen auf der Suche nach Begründungen für so ein Verbrechen. Der Pater-Abbé hatte nur eine Erklärung, und an der hielt er eisern fest:

«Ich sage euch, die Verantwortlichen stecken im Berlaymont, das ist ihr Hauptquartier, sie ....»

Paul unterbrach ihn:

«Das reicht jetzt, Felix, du redest Schwachsinn, die Beamten sind vor vier Jahren aus dem Berlaymont ausgezogen, und bis die Arbeiter vor drei Monaten dort angefangen haben, stand es völlig leer.»

Felix baute sich vor Paul Lacomblé auf. Er deutete auf die Mitglieder von Marios Bande:

«Die wollten mir auch nicht glauben, und als ihr

uns vorhin auf der Straße getroffen habt, war ich gerade dabei, ihnen das Gegenteil zu beweisen. Wer sich freiwillig meldet, mit dem gehe ich noch mal hin.»

Mario, Jo und Ramón nahmen schon ihre Weihrauchfässer wieder auf, als Cheryl einen Schritt vortrat:

«Ich komme mit ...»

Jetzt mußte sie sich vor den mordenden Blicken von Anastasia und Paul Lacomblé rechtfertigen:

«... Ja, wir wollten doch wissen, was mit Angelo passiert ist. Wenn wir nicht hingehen, werden wir nie erfahren, ob das, was der Pater sagt, wahr ist oder nicht.»

Paul, den der erste Teil des Satzes nichts anging, konnte dem zweiten nur beipflichten:

«Das stimmt, dieser Holzkopf wird seine Meinung nicht ändern. Und wenn Sie gehen, komme ich mit, es muß wenigstens ein Verantwortlicher dabei sein.»

In die allgemeine Aufbruchsstimmung hinein meinte Anastasia, noch immer etwas zweifelnd, wenn es so wäre, würde sie eben auch mitkommen. Der Pater-Abbé machte aus seiner Freude keinen Hehl, daß seine Befreiungsarmee sich so schnell gebildet hatte:

«Und verliert mich bloß nicht aus den Augen!»

Er setzte sich an die Spitze der kleinen Kolonne, die hurtig auf das Berlaymont zusteuerte, und bereute nur, daß ihm die Zeit fehlte, um noch einmal beim offiziellen Sitz seiner Kirche vorbeizugehen und ein paar Weihrauchfässer mitzunehmen ...

15

VICTOR SERGE meinte: ***In jedem gesellschaftlichen Kampf ist ein gewisser Anteil an Übertreibung, Mißbrauch und Irrtümern nicht zu vermeiden.***

Cheryl würde nicht leugnen, daß sie ein Zweifel beschlich, nachdem sie den grünen Zaun überwunden hatten. Welchen Alien suchte sie hier, in Gottes Namen, vier Lichtjahre von der Rue Popincourt entfernt? Sollte sie wirklich die Ehre eines Friseurs retten, mit dem sie nicht einmal geschlafen hatte? Aber wie in jeder Science-fiction siegte die Aktion schnell über die Reflektion, und ihr eigenes Ehrgefühl hätte es sowieso verboten umzukehren. Sie folgte also dem Pater-Abbé über das Baugelände, das zum Eingang des Berlaymont führte. Der Boden war völlig mit Abfall übersät, den die Passanten gewissenhaft über den Zaun geworfen hatten. Sie kamen an den zwölf Stangen vorbei, die einmal die Fahnen der Mitgliedsländer getragen hatten. Das Gebäude war schon geräumt, als die letzten drei kleinen hinzugekommen waren. Natürlich waren die Fahnen nicht mehr da, aber die Nylonschnüre, sie schlugen düster an das matte Metall. Immer noch an der Spitze der Gruppe, umschlich der Pater-Abbé einmal das Gebäude:

«Wenn es euch nichts ausmacht, nehmen wir den Dienstboteneingang.»

Natürlich machte ihnen das nichts aus, vor allem Mario nicht, der eben den schwarzen Jeep entdeckt hatte, der in der Nähe eines Bauklos geparkt war, er holte Ramón und Jo ein:

«Habt ihr gesehen?» (Beredte Geste zu dem Auto hin.)

Die drei Männer schauten einander ohne weitere Worte an.

Als der Pater-Abbé gerade eine schwere Metalltür öffnen wollte, nachdem er sie einige Minuten abgefühlt hatte, fragte ihn Paul Lacomblé, ganz besorgter Familienvater:

«Bist du sicher, daß wir nichts riskieren? Wenn sie uns erwischen oder ...»

«Wer soll uns denn erwischen? Am Wochenende wird hier nicht gearbeitet ...», Mario dachte flüchtig an den schwarzen Jeep, «und wenn einer da drin herumlungert, darf er genausowenig dort sein wie wir.»

Daraufhin holte er eine Streichholzschachtel unter seiner schwarzen Kutte hervor, zündete ein Hölzchen an und ließ es in sein Weihrauchfaß fallen, reichte dann die Schachtel an Mario weiter, der das gleiche tat, bevor er sie Jo hinhielt, etc. Anastasia, die in die Hände klatschte, um die Kälte zu bekämpfen, die durch einen starken Luftzug aus den Tiefen des Gebäudes noch beißender wurde, hatte es jetzt eilig hineinzugehen (und vertrat so das Prinzip, je schneller man hineingeht, desto schneller kommt man auch wieder heraus). Aber da hatte sie nicht mit dem Zeremoniell des Pater-Abbé gerechnet. Er kniete nieder und schlug sich mehrmals an die Brust, dann forderte er die anderen auf, es ihm nachzutun:

«Dieser Ort ist verwünscht, er wurde auf dem Gelände eines Klosters erbaut, die Menschen, die hier arbeiteten, haben zum Niedergang dieses Viertels und zur Plünderung zahlreicher geweihter Stätten beigetragen. Ihr, die ihr diesen Ort betretet, reinigt eure Seele, damit sie den Engeln des Bösen Widerstand leisten kann, die sie hier antreffen könnte.» Daraufhin stürzte er sich, wütend sein Weihrauchfaß vor sich her schwenkend, in einen dunklen Gang. Cheryl folgte ihm fast zögerlich, nur ganz kurz dachte sie, wie grotesk die Szenerie eigentlich war. Sie hörte Anastasia in ihrem Rücken mosern und gleich dahinter Ramón fluchen: «Aber verdammt, man sieht überhaupt nichts!» Sie hatte plötzlich große Angst, vom Pater-Abbé abgehängt zu werden oder die fünf anderen hinter ihr könnten über sie drübertrampeln. So weit war sie, als sie in einer riesigen runden Halle herauskamen. Wände aus goldfarbenem Wellblech waren hinter den Regalen aus Holz oder Metall zu erkennen, die überall herumstanden. Auf einem lagen Dutzende Stablampen, der Pater-Abbé hatte bereits eine angeknipst und deutete auf die anderen, hörte dabei aber nicht auf, sein Weihrauchfaß zu schwenken.

«Sind alle da, können wir mit der Arbeit beginnen? Bevor wir losgehen und die oberen Stockwerke segnen, möchte ich euch ihr Hauptquartier zeigen. Wenn ihr das gesehen habt, werdet ihr mir Glauben schenken und helfen, sie zu bekämpfen.»

Er ging an der hinteren Wand entlang, an vier Fahrstühlen und den Überresten eines gläsernen Schalters vorüber. In einer Ecke waren ein paar europablaue Sessel um einen kleinen Holztisch angeordnet, der unter Aschenbechern, Bierdosen und Schnapsflaschen zusammenbrach. Der Pater-Abbé verschwendete keinen Blick darauf, seine spirituelle

Energie trieb ihn weiter. Einige Meter weiter öffnete er eine Tür und verschwand in einer Betontreppe, gefolgt von seiner schweigenden Armee, und ging weiter, bis er eine Tür mit dem Zeichen «-1» erreichte. Bei «-2» wartete er auf die anderen, dann öffnete er wie ein Zeremonienmeister die Tür sperrangelweit und senkte den Schein seiner Lampe in die Dunkelheit, um für Cheryl, die er vor sich her schob, den Weg zu beleuchten:

«Hier betretet ihr das Gehirn der Organisation.»

Paul ließ das Licht seiner Lampe überall herumwandern, es beleuchtete nur ein paar Stühle und viel leeren Raum:

«Aber hier ist gar nichts.»

«Aber ja doch, das war ‹-2›, die Kantine der EU. In manchen Nächten hört man noch das Lachen der vollbusigen Carmen, die die Beamten umwarb und Tintenfisch und Pulpo kochen konnte wie keine (Cheryl denkt gerührt an ihren, in Paris), und hier haben sie sich eingerichtet ...»

Dieses Mal ist es Mario, dem das Weihrauchfaß, das er immer noch in Händen hält, lästig ist, und der daher mosert:

«Wer denn, verfickte Scheiße? Sie reden immer von *denen*, die alles beherrschen, die Leute ermorden, Ihr Viertel zerstören, aber wo sind sie? Bis jetzt haben wir nichts gesehen. Und hier ist wieder nichts.»

Er drehte sich halb um seine Achse, um dies zu beweisen, aber da hatte er nicht mit dem Kampfgeist von Felix gerechnet, dem Gründer der Patres von der Erlösergemeinde zur Auferstehung der Treuen Jungfrau:

«Natürlich, denn sie sind oben. Sie kommen nur hierher, wenn die offiziellen Arbeiter da sind ...»

Es erschien ihm sonnenklar, aber die Gesichter seiner Zuhörer gaben ihm zu verstehen, daß eine Botschaft, so göttlich sie auch sei, ein Minimum an Dialektik braucht, damit sie verstanden wird. Da ergänzte er:

«Das ist folgendermaßen, ich habe sie monatelang beobachtet, bis ich es heraushatte: Direkt nach der Räumung des Gebäudes vor ein paar Jahren habe ich gesehen, daß Leute in das Berlaymont eindrangen. Es waren nur wenige, eines Tages bin ich ihnen gefolgt und habe sie hier überraschen können, sie saßen alle an Tischen, mit Notizblöcken, Laptops und Handys. Keine schlechte Einrichtung, sie hatten sogar einen Generator! Aber ich habe nie verstanden, was sie hier wollten. Einige Tage bevor die Sanierungsarbeiten begannen, haben sie alles hier ausgeräumt, in zwei Nächten. Ich habe geglaubt, sie würden sich anderswo niederlassen, aber dann sind sie zurückgekommen, vor ungefähr einem Monat. Jede Nacht gehen ein oder zwei Trupps mit fünf, sechs Leuten durch die Stockwerke. Ich weiß es, denn ich spuke ebenfalls in diesem Gebäude herum und segne diesen Ort der Übeltaten, der die Stelle eines Klosters eingenommen, unser Viertel zerstört und den Durchmesser einer Scheibe Mortadella auf 14 Zentimeter festgelegt hat.» Die letzte Äußerung löste eine Welle des Protests aus (wahrscheinlich war es die Nervosität).

«Übrigens haben sie mich auch gesehen, eines Nachts haben sie sogar versucht, mich zu fangen, sie haben mich auf den Fluren verfolgt», er schloß die

Augen, als sähe er sie noch vor sich, «angsteinflößende Gestalten in luftdichten weißen Overalls. Ihre Gasmasken haben gelbe Ränder, und ihre Handschuhe sind türkis.» (Wieder näherte sich seine Stimme den oberen Dezibelwerten.) «Aber sie haben mich nicht erwischt! Sie sollen nicht glauben, daß der Pater-Abbé alles hinnimmt!»

Bei dieser dantesken Beschreibung, die zur bedrohlichen Dunkelheit und tausend anderen persönlichen Ängsten hinzukam, drängte sich Anastasia wieder an Cheryl:

«Wir müssen UNBEDINGT von hier verschwinden!»

«Nur ruhig, nur ruhig ...» erwiderte ihre Freundin, die selbst nicht glaubte, was sie sagte.

Auch Marios Bande half nicht viel weiter, ihre Mitglieder hatten sich um die Tür versammelt, offenbar war ihr Bedürfnis, den Ort zu verlassen, ebenso dringend wie bei den Mädchen. Nur Paul Lacomblé schien über das nachzudenken, was Felix gesagt hatte:

«Aber was machen sie denn da oben?»

Der Pater-Abbé wandte sich ihm zu:

«Genau, das ist die eigentliche Frage. Kurz bevor die echten Arbeiter kommen, verzieht sich ein Teil der geheimen Crew; ich habe den Eindruck, der Rest versteckt sich im Gebäude und wartet, bis es Abend ist.»

Cheryl stellte sich die in dem dunklen, unheimlichen Gebäude verborgenen Männer vor, nur zwei Schritte von braven Familienvätern entfernt, die hier ihr tägliches Brot verdienen. Da saust einem wirklich die Muffe. Um sie herum waren sich alle einig, daß die entscheidende Frage eben klar gestellt wurde: ‹WAS MACHEN DIE DA OBEN?› Aber keiner schien von der Idee begeistert zu sein, dem Pater-Abbé zu folgen, der schon aufbrach, um die Antwort zu finden. Schließlich versuchte Mario, ihr Zögern zu rechtfertigen:

«Ich möchte Ihnen nicht widersprechen, aber es wäre wirklich dumm, einfach so hinzugehen, ohne Vorbereitung. Wir können doch checken, ob wir irgendeinen Dreh auf die Reihe kriegen und dann extra noch mal wieder herkommen ...» (Er bewegte schwach sein Weihrauchfaß, das er, ein Profi der Keilerei, in die Kategorie der völlig nutzlosen Waffen einordnete, da es nicht einmal Angst einflößte.)

Anastasia und Cheryl konnten ihm (auch ohne seine Erfahrungen) nur zustimmen, es wäre wirklich zu idiotisch, ihre Chance zu verplempern, nur weil sie sich nicht vorbereitet hatten.

«Also gut», beschloß Paul Lacomblé, «wir kommen morgen zurück, um die ganze Angelegenheit zu klären.»

Da er sah, daß er sie nicht umstimmen würde, machte der Pater-Abbé ohne ein Wort kehrt und führte sie wieder zurück zur Oberwelt. An jeder Biegung zitterten gewisse Mitglieder dieser zusammengewürfelten Truppe (ihre Namen wollen wir diskret verschweigen) bei dem Gedanken, daß sie auf die famosen weißen Gestalten stoßen könnten, von denen ihnen eben berichtet wurde. Das eine oder andere Knarren oder Türenschlagen nicht achtend, gelangten sie schließlich ins Freie.

«Frei» hatte für sie seine ursprüngliche Bedeutung wiedererlangt.

16

VICTOR SERGE meinte: ***Die Klassenjustiz hält sich nur in friedlichen Zeiten mit der Überprüfung von Einzelfällen auf.***

Verdammt, man wird nie wirklich verstehen, warum Beziehungen erst mit ein bißchen Action und ein wenig Terror so richtig freundschaftlich werden. Nachdem der Pater-Abbé zu seinen Schäfchen zurückgekehrt war, konnten Paul Lacomblé, Cheryl, Anastasia und die Bande von Mario sich kaum trennen, obwohl sie sich ein paar Stunden zuvor noch nicht gekannt hatten. Ehrlicherweise sollte noch angefügt werden, daß der Austausch der Meinungen viel leichter vonstatten ging, wenn die einnehmende Persönlichkeit des Pater-Abbé nicht dabei war. Paul Lacomblé erlaubte sich die Bitte an Mario, noch einmal zu erzählen, was er am Bahnsteig der Station Schuman gesehen hatte (was ihnen nicht wirklich weiterhalf), während Ramón die Mädchen ausfragte, warum sie mit den Nachforschungen angefangen hatten. Kurz, alle spielten das Spiel «Ich weiß was, was du nicht weißt», der Untergang der Befreiungsarmeen ... Man hätte am revolutionären Teil der Menschheit verzweifeln müssen, wenn Paul Lacomblé von der Höhe seines Meters siebenundsiebzig den Kampf nicht wieder ins Dorf zurückgeholt hätte:

«Ich kann das Problem drehen und wenden, wie ich will, aber ich glaube, er hat recht. Was in dem Gebäude vorgeht, ist nicht normal.» Offenbar hatte er übersinnliche Kräfte, denn bevor Anastasia die

Frage stellen konnte, die ihr auf den Nägeln brannte, kam er ihr zuvor: «Und man kann sich nicht einmal vorstellen, damit zur Polizei zu gehen ... Sie würden uns ins Gesicht lachen, wenn wir unsere Kiffergeschichten erzählen.»

Mario klatschte Beifall, denn wenn sie mit den Behörden in Konflikt kämen, würde das für ihn mit Sicherheit schlecht ausgehen, vor allem wegen des Klaus von Rollen mit Dreiphasenkabel und anderen Sachen, die unweigerlich zutage kommen würden. Kurz, heilfroh, daß Paul Lacomblé diese Möglichkeit so schnell verworfen hatte, begrüßte er den zweiten Vorschlag, ohne richtig zugehört zu haben. Daraufhin stimmten auch die Stellvertreter zu (aus Respekt vor der Autorität) und die Mädchen ebenfalls (um nicht hintanzustehen). So blieben alle dran und nickten die Rede von Paul Lacomblé ab, obwohl sie ihn kaum kannten. Es ging darin viel um Solidarität, Selbstverwaltung, um die Macht in den Händen des Volkes und um die Wahrheit, die sie ans Tageslicht bringen würden. Große Ideen also, die an einem anderen Ort bei ihnen herzliches Gelächter ausgelöst hätten. Gestärkt durch die gemeinsame Aufgabe, trennten sie sich, nicht ohne sich am nächsten Tag vor dem Gitter von Mateos Revier zu verabreden, dem Leopold-Park.

Unter gewissen Bedingungen bringt einen die Nacht wirklich nicht weiter. Kaum hatten sie die Rue Taciturne verlassen, schlug Ramón ein neues Feuer vor. Zwar wäre es eine wirklich gute Gelegenheit gewesen, aber die frostige Nacht und die Aussicht auf den nächsten Tag brachte sie schließlich davon ab. Ausnahmsweise riefen sie dennoch mehrmals «Ramón, Ramón, der ist nicht von Karton!», denn ihr Leben hatte eine entscheidende Wendung genommen. Sie hatten zum ersten Mal ein klares gemeinsames Ziel, das nicht einmal unbedingt illegal war. Das war für sie sehr ungewöhnlich.

Für die anderen übrigens auch.

Paul Lacomblé war zwar, von den Ereignissen völlig erschöpft, sofort eingeschlafen, aber Anastasia und Cheryl konnten sich nicht trennen. Sie waren zu Fuß bis zu Cheryls Hotel gegangen. Doch um den Parc du Cinquantenaire, der nur ein paar Schritte von Cheryls Quartier entfernt war, machten sie einen Bogen, denn er war «eine Hochburg männlicher Prostitution», und sie wollten jeden weiteren Streß vermeiden. Obwohl sie meinten, der ganze Abend hätte ein Jahr gedauert, war es erst Viertel nach zehn, als sie am Hotel ankamen. Cheryl lud Anastasia ein, ihr beim Leeren der Minibar in ihrem Zimmer zu helfen, diese nahm gerne an. Wenn Cheryl gewußt hätte, wo sie Gabriel erreichen konnte, hätte sie ihn vielleicht angerufen. Aber was hätte sie ihm sagen sollen? Sie konnte nicht ahnen, daß er noch nichts von ihrer Verspätung wußte und sich auf der rosa Tagesdecke ausgestreckt hatte, gehütet vom Blick Marilyn Monroes und Mike Brants, und gerade las:

«Die Liebe ist tot
Ich zittre noch
und bete schöne Idole an
die an ihr Bild erinnern»

von Apollinaire, während er auf sie wartete.

Nach dem sechsten Mini-Wodka erschien ihnen alles plötzlich viel klarer. Das Schicksal hatte Angelo zu ihnen gesandt, und von dem Ort aus, an dem er sich jetzt befand, hatte er es selbst so angestellt, daß sie sich getroffen hatten. Nicht nur, daß sie seine Kinder beschützen sollten, sie sollten außerdem (und das war neu) mithelfen, die Menschheit zu retten (zum mindesten die Belgier, die von allen gallischen Völkern die tapfersten waren, das hatte der große Cäsar gesagt, wie Anastasia – sie war griechischer Abstammung – bei Asterix gelesen hatte). Weit entfernt, sie zu erschrecken, hatte diese Gewißheit dazu beigetragen, daß sie friedlich einschliefen wie zwei kleine Engel.

Natürlich, das Aufstehen am nächsten Morgen …

Aber selbst da war ihre Entschlossenheit nach zwei Tassen guten Kaffees wieder genauso stark. Sie saßen weiter auf dem Bett in Cheryls Hotelzimmer, das sie sich (in allen Ehren) geteilt hatten, Anastasia räusperte sich und schlug vor:

«Ich muß zu mir nach Hause, um mich umzuziehen und nachzuschauen, ob mein Bruder das Auto zurückgebracht hat. Wenn du Lust hast, gibst du das Zimmer auf und ziehst zu mir …»

«Einverstanden.»

Warum die Dinge komplizieren, wenn man sie einfach haben konnte?

Und wieder einmal wurde das getan, was gesagt worden war.

Den Rest des Tages, an dem Marios Bande schlief, der Pater-Abbé betete und Paul Lacomblé überlegte, aßen Anastasia und Cheryl zu Mittag, zogen um und dachten an den hereinbrechenden Abend.

Anastasia zickte rum von wegen Verteidigung.

«Ich meine keine Waffe oder so, aber wir könnten meinen Schwager Nico bitten mitzukommen, er ist riesengroß und superstark.»

«Aber nein, stell dir vor, wie peinlich es ist, wenn wir mit einem Leibwächter aufkreuzen! Außerdem ist die Geschichte für Eingeweihte schon kaum zu glauben, ich kann mir nicht vorstellen, jemand zu erklären …»

«Weißt du, mein Nico braucht keine Erklärungen …»

«Na gut, wir können ihn in Reserve halten, wir wissen nicht, wie es morgen aussieht, aber im Augenblick sollten deine Spraydose und meine Schere reichen …»

«Wenn du meinst …»

Durch das lange Ausschlafen und den Umzug war es bald Zeit aufzubrechen.

Das Abenteuer wartete schon.

17

PULP und die Waffen der Frauen

VICTOR SERGE meinte: ***Es reicht eine Kugel von sechs Millimetern, um das Funktionieren des bestorganisierten Gehirns prompt auszuschalten.***

Aus Vorsicht ließ Anastasia ihr Auto (der verliebte Bruder hatte es also zurückgebracht) dreihundert Meter vom kleinen Platz entfernt stehen, wo sie verabredet waren. Marios Bande war schon vor Ort, ihre Mitglieder hatten offensichtlich die gleichen Sorgen gequält wie Anastasia, nämlich jeder von ihnen hatte einen Baseballschläger fest im

Griff. Das war etwas völlig anderes als die Weihrauchfässer vom Vortag. Sie hatten kaum Zeit, ein Gesprächsthema zu finden (abgesehen vom Wetter und der bevorstehenden Expedition), da tauchte schon der Pater-Abbé zusammen mit Paul Lacomblé auf.

Es konnte losgehen.

Sie nahmen zwar wieder den gleichen Weg wie am Vortag, aber sie waren besser ausgerüstet. Ramón, Mario, Paul und Pater Felix hatten starke Lampen, und die Mädchen hielten in ihren Taschen wie zuvor jeweils eine Spraydose und eine Schere fest. Als der Pater-Abbé mit ihnen in der runden Halle eintraf, schwenkte er sein Reise-Weihrauchfaß (an einem Band über der Schulter) um sich herum und schrie:

«Verfluchtes Gebäude, sei bereit, wir sind gekommen, um dir das Herz auszureißen!» Ganz offensichtlich hätten sich die anderen mehr Diskretion gewünscht, Mario genierte sich übrigens nicht, ihn darauf hinzuweisen:

«Überraschungseffekt ade, wir hätten ihnen auch ein Fax schicken können, daß wir jetzt kommen …»

«Bei der Entfernung haben sie sicher nichts gehört, aber der junge Mann hat recht, es bringt nichts, die Konfrontation zu suchen. Wenn wir sie überraschen wollen, sollten wir Lärm vermeiden», ergänzte Paul. Seine Rolle als Vermittler spielte er perfekt.

Der Pater-Abbé gab sich geschlagen, packte sein Weihrauchfaß weg und ging auf die weit geöffneten Türen eines Fahrstuhls zu, ohne ein weiteres (göttliches oder anderes) Wort. Bevor sie den Fahrstuhl bestieg, stellte sich Cheryl laut die Frage, ob dieses Transportmittel sich mit einer gewissen Anonymität vereinbaren ließ. Der Pater-Abbé antwortete ihr schroff, daß sie nicht alle auf dem gleichen Stockwerk halten würden, er meinte damit, daß die Gruppe sich auflösen mußte. Nach ein paar Sekunden Leerlauf wurden folgende zwei Brigaden aufgestellt: im ersten Aufzug Cheryl, Anastasia, Paul und Ramòn; im zweiten der Pater-Abbé, Mario und Jo. Dann wurde vereinbart, daß die erste bis zum 15. Stock fuhr und die zweite bis zum 8.; Ziel war es, natürlich, sich zwischen beiden Stockwerken wiederzutreffen. Uff, ein toller Kriegsplan.

Nachdem sie von der Theorie zur Praxis übergegangen waren, fragte sich Cheryl, was sie eigentlich geritten hatte, als sie die Hilfe von Nico, Anastasias Schwager, ablehnte. Selbst wenn Ramón so nett war, sich direkt vor der doppelten Metalltür aufzubauen, wer würde davorstehen, wenn sie sich öffnete, und wie lange konnte Ramón sie vor einem möglichen Angreifer schützen? Eine Minute? Mit Glück vielleicht zwei? Gerade genug Zeit für Cheryl, ihre Schere herauszuholen und sich in diesem Bauwerk abschießen zu lassen, das gekleidet war wie ein Erstkommunikant, während alle Welt glaubte, sie besichtigte die Grand-Place. Ihre Lage drohte vom Grotesken ins Tragische zu kippen. Sie warf einen Blick auf die scheinbar ganz ruhige Anastasia. Scheinbar. Der ging es genau wie ihr. Im vierzehnten Stock wurde das Hirn flüssig, im fünfzehnten Stock öffnete sich der Fahrstuhl und ... nichts. Kein Laut, keine Regung. Beim Schein ihrer

Lampen sahen sie, daß diese Etage offenbar schon saniert und völlig leer war. Die Decken waren herausgerissen, und der Beton vom Stockwerk darüber lag bloß. Um sie herum war keine Wand, keine Tür übriggeblieben, nichts als ein öder Raum von mehreren -zig Quadratmetern. Paul, der sich bei dem Unternehmen eindeutig am meisten einbrachte, setzte sich an die Spitze der Brigade und machte eine Runde um Aufzugschächte, deren äußere Verkleidung völlig entfernt war. Sie kamen an eine Stahltür, und Ramón sah sich veranlaßt, sie mit gezücktem Sportgerät zu öffnen. Dahinter lag die Treppe und sechs Stockwerke, die sie überwinden mußten, um zu den anderen zu gelangen. Sie schauten in allen Stockwerken nach, aber überall war nur Leere, ähnlich wie in dem, das sie eben verlassen hatten. Bis zum elften, wo die Tür sich auf eine kräftige Schutzhülle aus dickem schwarzem Plastik öffnete, offensichtlich waren die Arbeiter hier gerade beschäftigt. Ramón schlug vor, durchzustoßen, aber Paul meinte, sie sollten es vorsichtshalber erst mit dem nächsten Stockwerk versuchen. Zur großen Erleichterung von Cheryl, die kürzlich eine Sendung über die Schäden durch Asbeststaub verfolgt hatte. Während die vorhergehenden Etagen von beruhigender Stille gewesen waren, stellte sich die zehnte als sehr viel lebhafter heraus, kaum daß sich die Tür halb geöffnet hatte. Über die Schulter von Ramón erkannte Cheryl beim Schein heller Leuchten, die den Flur entlang angebracht waren, die lange Silhouette des Pater-Abbé, die von einer weißen Gestalt mit einer schwarzen Waffe in der türkisen Hand verfolgt wurde. Das

Abbild dessen, was Felix ihnen am Vortag beschrieben hatte. Nur seinem Instinkt gehorchend, stürzte sich Ramón aus dem Treppenhaus und schlug den Mann mit dem Overall nieder. Er schrie: «Nehmt ihm die Waffe ab!», bevor er sich auf einen weiteren Angreifer stürzte. Paul beeilte sich, ihm zu gehorchen, und verschwand in die gleiche Richtung. Um nicht hintanzustehen, folgten ihm die Mädchen und kamen dann allein in einem gut beleuchteten Raum heraus, wo drei weißgekleidete Männer sich mit Fußtritten an Mario ausließen, der darüber seinen Baseballschläger verloren hatte. Die Ankunft von Cheryl auf diesem Kampfplatz hatte eindeutig größere Wirkung als ihr Eintreffen im *Pied de Porc à la Sainte-Scolasse*. Die Männer wandten sich von Mario ab und standen einen Moment lang starr da. Ihre Unschlüssigkeit ausnutzend, zog Anastasia (die angesichts der Gasmasken die völlige Unbrauchbarkeit ihres Fa-Sprays erkannte) ihre Freundin nach hinten und rannte in die entgegensetzte Richtung davon. Das Geräusch von Laufenden war um sie herum zu hören, ohne daß sie herausfanden, ob es sich um ihre Verfolger oder um parallele Auseinandersetzungen handelte. Als sie bei dem Rundbau und den Aufzügen ankamen, glaubte Cheryl links die laute Stimme des Pater-Abbé zu hören, der schrie: «Herr, segne diese Mauern, und läutere die Engel des Bösen», aber in dem Halbdunkel war es ebenso unwirklich wie ein Traum. Als sie am Fahrstuhl anlangten, wurden die Geräusche hinter ihnen verworrener. Aus dem Kampfeslärm schlossen sie, daß Mario wieder auf den Beinen war, mit Jos Hilfe, den sie eben in einem Flur zu ihrer Rechten auftauchen sahen. Völlig außer Atem sprangen Cheryl und Anastasia in den Aufzug. Während Anastasia wie wild auf alle Knöpfe drückte, in der Hoffnung, daß sich die Türen schlossen, doch das gelang ihr nicht, aus dem einfachen Grund, weil sie abmontiert waren, sah Cheryl, wie Jo mit einer der weißen Gestalten kämpfte. Er schien die Oberhand zu gewinnen, als sie zwei Schüsse hörten. In dem Moment, als der Aufzug endlich abtauchte, ging Jo zu Boden, stürzte sich Mario auf dessen Gegner, wahrscheinlich seinen Mörder!

Verflucht, was für ein Anblick!

Aber das Schlimmste sollte noch kommen: Gerade zwei Stockwerke weiter unten, während es immer noch hinabging, hörten sie über ihren Köpfen ein dumpfes Geräusch, dann einen sehr heftigen Aufprall, der die Decke der Kabine eindellte und leicht erzittern ließ. Da es keinen Himmel gibt, war ihnen gerade ein Mann auf den Kopf gefallen. Oder beinah. Spitze Schreie ausstoßend, klammerte sich Anastasia an Cheryl:

«Glaubst du, es ist Mario? Glaubst du, es ist Mario?»

18

VICTOR SERGE meinte: ***Eine Klasse gibt nicht zu, daß sie geschlagen ist, eine Klasse ist nicht geschlagen, solange ihr nicht ein genügend hoher Anteil an Verlusten zugefügt wurde.***

Sobald der Fahrstuhl im Erdgeschoß hielt, sprang Anastasia hinaus, während Cheryl, die Augen zur Decke gerichtet, stehenblieb:

«Es gibt keine Möglichkeit zu sehen, wer draufgefallen ist ...»

Anastasia erwiderte in schneidendem Ton:

«Nein, keine, daher haben wir auch keinerlei vernünftigen Grund hierzubleiben, wir hauen schnell ab.»

«Und die anderen? Wir können sie doch nicht einfach so im Stich lassen ...»

Dieses letzte Fünkchen Menschlichkeit hatte leider ihren Drang überlagert, aus dem verwünschten Gebäude (dabei hatte der Pater-Abbé sie genügend gewarnt) zu fliehen.

«... Ich bleibe noch ein wenig, um zu schauen, ob sie herunterkommen, du lauf und hol das Auto. Park direkt am Zaun, ich bin in einer Viertelstunde bei dir.»

Was auch passierte, sie hätten dann wenigstens die Ehre gerettet. Anastasia ließ sich nicht zweimal bitten, sie ging um die Aufzüge herum und rannte auf den Gang zu, durch den sie hereingekommen waren. Ihre letzte Angst verflog, als die Tür am Ende sich leicht öffnen ließ.

Allein fand Cheryl ein Plätzchen neben den Regalen und knipste ihre Lampe aus. Mit Kopfrechnen versuchte sie, die bedrängende Dunkelheit und Stille zu besiegen. Wie viele Sekunden hatte eine Viertelstunde? 60×15, 6×15×10, 900. Gut, also ein Krokodil, zwei Krokodile, drei Kro … Sie hatte schon sieben Schwimmbäder gefüllt, als die Tür hinter den Fahrstühlen aufging, sie hörte, wie Schritte die Halle querten, und sah, wie der Schein einer Lampe wie die ihre den Boden ableuchtete.

Freund oder Feind?

Schwer zu entscheiden. Cheryl machte einen Schritt aus ihrem Versteck, die Lampe in der einen, die Schere in der anderen Hand, sie knipste sie nur einen Sekundenbruchteil an, solange, bis sie es wußte. Bingo, Paul Lacomblé. Trotz seines Alters hätte sie ihn fast umarmt, so froh war sie, einen Verbündeten aus der Finsternis kommen zu sehen.

«Sind Sie allein? Und Ihre Freundin?»

«Sie ist draußen, aber der Rest? Wir haben Schüsse gehört, und einer ist auf den Fahrstuhl gefallen!»

«Ich weiß nicht, ich bin …»

Er brach ab und schaltete seine Lampe aus, da er hörte, wie die Türen eines Fahrstuhls sich öffneten. Mit Hilfe des Lichts in der Kabine konnten sie ohne weiteres Ramón erkennen, der Mario stützte (Cheryl würde Anastasia beruhigen können), Paul trat hinzu, um ihm zu helfen, aber Ramón nahm seinen Chef schon über die Schulter:

«Ich habe ihn gerade noch rausgeholt, wir müssen weg, sie sind auf der Treppe …»

Er brauchte nichts weiter zu sagen, alle rannten zum Ausgang. Draußen liefen sie zum grünen Zaun.

Anastasia hatte sich nicht die Mühe gemacht, das Brett wieder zurückzuschieben, sie konnten also ohne Problem den Durchgang finden. Mario, der wieder zu sich gekommen war, fluchte unaufhörlich vor sich hin. Cheryl suchte den Fiesta von Anastasia, der ein Stück weiter wartete. Sie winkte. Anastasia hielt direkt vor ihnen, öffnete die Beifahrertür und legte den Sitz um. Alles drängte sich drunter und drüber nach hinten, außer Paul Lacomblé, der setzte sich auf den Todessitz und gab der Fahrerin Zeichen loszufahren. Am Ende der Straße bog Anastasia nach rechts und ordnete sich in den schwachen Verkehr in Richtung Innenstadt ein (es war Viertel vor zwölf). Paul spürte, daß nur die Gewohnheit ihre Bewegungen leitete, daher dirigierte er sie in bestimmtem Ton:

«Ordnen Sie sich links ein, an der nächsten Ampel abbiegen ... So, jetzt können Sie anhalten.»

Hinten fluchte Mario, der zwischen Ramón und Cheryl saß, immer noch zwischen den Zähnen. Als der Motor abgestellt war, errieten die anderen, was er ständig wiederholte:

«Verdammt, der Pater-Abbé hatte recht. Sie haben Jo erwischt. Verdammt noch mal ...»

Es trug nicht dazu bei, die Stimmung aufzuheitern, und die Scheiben waren schnell beschlagen. In der feuchten Atmosphäre verdaute jeder die eigenen Erinnerungen und kniff sich selbst zum Beweis, daß es kein Horrortrip war. In dem Augenblick, als Paul sich vorwagte mit einem mutigen: «Also, fassen wir zusammen, ich habe ...», unterbrach ihn Mario mit einem männlichen: «Wir werden Jo rächen.»

Ohne Widerrede, nur mit einem Kommentar von Ramón, der bestätigte:

«Sie haben Jo getötet. Sie haben tatsächlich auf ihn geschossen. Wir haben ihn gesehen, er war tot, sein Schädel war ganz ..», er machte eine Bewegung mit seinen Fingern und verzerrte angeekelt den Mund, «... geborsten. Unglaublich, die da drin sind völlig irre.»

Cheryl und Anastasia wollten ihm da nicht widersprechen.

Mario rutschte auf dem Sitz vor und beugte sich zwischen die Vordersitze.

«Gut, fahr wieder in die Rue Belliard, bis Mérode, wir machen noch eine Runde um den Block, um den Pater-Abbé zu suchen.»

Vor ihren Augen war ein Stratege geboren.

Anastasia machte genau, was ihr gesagt wurde. Am Ende der Rue Belliard nahm sie wieder den Tunnel, um am Square Montgomery zu drehen, und nebenbei ein wenig durchzulüften. Wahrscheinlich hatte das Schicksal ihr das eingegeben, denn in der Unterführung, mitten in der Biegung, deutete Ramón mit dem Finger und schrie:

«Da, der Pater-Abbé!»

Anastasia schlug nach links ein und hielt in der Einfahrt zur (natürlich wegen der Arbeiten geschlossenen) Tiefgarage des Berlaymont. Sie hupte, um Felix' Aufmerksamkeit auf sich zu lenken, der etwa zehn Meter entfernt den schmalen Gehweg im Tunnel entlangging. Paul öffnete die Tür und rief:

«Heee! Felix!»

Trotz des Lärms der Autos, die durch den Tunnel rauschten, hörte der Pater-Abbé sie schließlich und kehrte zu ihnen um:

«Ah, meine Kinder, bin ich froh, euch zu sehen!»

Paul legte den Sitz nach vorn, damit er einsteigen konnte. Der Pater-Abbé lüpfte seine Kutte einen Augenblick, so daß Cheryl sah, daß er barfuß war in seinen Ledersandalen (mitten im November!). Als er hinten eingepfercht saß, wobei sein schwarzer Bürstenschnitt den Himmel berührte, seufzte er noch einmal tief auf:

«Ich habe wirklich gedacht, ihr wärt alle noch da oben!»

Paul berichtete ihm rasch von Jos Tod.

Nach kurzem Schweigen und drei Bekreuzigungen schloß der Pater-Abbé:

«Ich hoffe, ihr glaubt mir jetzt ...»

Diese Worte erhielten ihre volle Bedeutung, als sie im Schatten des Berlaymont ankamen. Weil kein Befehl kam, lenkte Anastasia darum herum, Paul drehte sich eben nach hinten und sagte mit ernster Stimme:

«Was das betrifft, habe ich, glaub ich, beschl ...»

Es unterbrach ihn Mario, indem er brüllte: «Der schwarze Jeep! Der schwarze Jeep! Da, er ist nach links abgebogen! Anastasia, fahr links!»

19

VICTOR SERGE meinte: ***Die Geschichte kann ihre Lösungen nur durchsetzen, indem sie über Leichen geht.***

Die mangelnde Erfahrung Anastasias, was Verfolgungsfahrten betraf, wurde reichlich wettgemacht durch die zahlreichen Ratschläge, mit denen sie von der Gesamtheit der Fahrgäste überschüttet wurde, von «Sie sind rechts abgebogen» bis «Nicht zu nah ran» über «Schalt die Lichter aus, damit sie dich nicht erkennen». So ziemlich die ganze Palette der Polizei- und Fernsehmethoden. Glücklicherweise machte der schwarze Jeep keine Mätzchen (er erwartete wahrscheinlich nicht, von einem Sechzigjährigen, einem Geistlichen, zwei Friseusen und den Überlebenden von Marios Bande verfolgt zu werden). Auf Höhe der Rue de la Loi bog Anastasia in die Tunnels zur Basilika von Koekelberg, zweigte nach Molenbeek ab und fuhr auf der Avenue de L'Indépendance belge an dem haltenden Jeep vorbei. Der Fiesta schwenkte in die erste Straße nach rechts und hielt sofort an.

Drinnen herrschte Aufruhr.

Mario krempelte schon die Ärmel hoch und verkündete, im gegnerischen Lager würde es bald ein paar Todesfälle geben und Jos Tod wäre noch in der gleichen Nacht gerächt. Anastasia war etwas überfordert, aber Cheryl, der auf der Rückbank die Luft ausging, nahm die Sache in die Hand:

«Ich gehe mit Ramón hin, wir laufen am Haus vorbei, als würden wir nach Hause gehen. Wir treffen euch in der Straße dahinter, dann sehen wir weiter.»

Sie kippte schon Pauls Sitz, um auszusteigen. Ramón folgte ihr, dem sein Chef die moralische Unterstützung zugenickt hatte.

Entschlossen nahm Cheryl seinen Arm, aber der Drang der Ereignisse war so stark, daß Ramón nicht einmal daran dachte, es auszunutzen. Dabei war sie verdammt hübsch, eigentlich ... Sie gingen also die Straße entlang, die auf beiden Seiten von roten Backstein- und kleinen Mehrfamilienhäusern gesäumt war. Das Haus, vor dem der Jeep parkte, war wie die anderen, nur eine auf die Eingangstür gerichtete Kamera verriet, daß die Bewohner nicht gerne gestört wurden. Neben der Tür hing ein graviertes Schild: «SOS Europäische Freundschaft». Ohne den Schritt zu verlangsamen, gingen Cheryl und Ramón weiter, und beide machten sich Gedanken, inwiefern die Beziehungen der Männer, die sie im Berlaymont angetroffen hatten, besonders freundschaftlich waren. Als sie fast ans Ende der Straße gelangt waren, fing es wie in den schlechtesten Krimis an zu regnen, und sie rannten, um den zum Dampfkochtopf verwandelten Fiesta zu erreichen. Sie stiegen hinten ein und teilten ihre recht spärlichen Informationen mit. Es folgte ein Schweigen, bei dem jeder versuchte, diesen neuen Baustein aufs beste einzufügen. Aufgrund ihrer jüngsten Erlebnisse funktionierte ihr Verstand nicht so gut wie gewöhnlich, daher schlug Paul, trotz Marios Mordgelüsten, zu Recht vor:

«Wir sind schon viel weitergekommen, denn immerhin wissen wir jetzt, wo wir sie außerhalb des

Berlaymont antreffen können. Aber ich glaube, es wäre besser, mit ausgeruhtem Kopf weiterzumachen …»

Anastasia legte zum Zeichen des Einverständnisses schon den ersten Gang ein, aber auf der Rückbank sprang Mario auf und trat dabei auf die Sandale vom Pater-Abbé:

«Und wenn sie verschwinden? Wenn sie diese Nacht abhauen?»

Nicht einmal Felix glaubte das:

«Nachdem wir sie hier gefunden haben, werden wir sie überall finden. Euer Freund sitzt an der Seite Gottes, er wird uns von jetzt an leiten. Wir kommen morgen zurück, mit reinem Herzen und der Waffe in der Hand.»

Keiner reagierte auf seine recht strittigen Aussprüche, jedenfalls vom christlichen Standpunkt gesehen. Anastasia, die gern darauf verzichtet hätte, das Viertel ein weiteres Mal zu besuchen, hielt in der Nähe der verlassenen Kirchen an, um Mario, Ramón, den Pater-Abbé und Paul abzusetzen, der ebenfalls da aussteigen wollte. Als Vorsichtsmaßnahme schlug Paul vor, sie sollten sich um elf Uhr (jetzt war es zwei Uhr morgens) vor dem Eingang der Basilika von Koekelberg treffen:

«… Ich denke, sie werden uns im Viertel suchen, aber dort werden sie uns nicht so leicht finden, und wir sind doch in ihrer Nähe.»

Als würde diese Rede ein neues Licht auf ihre Lage werfen, nahm Mario den Pater-Abbé am Arm.

«Sie können nicht in Ihre Kirche zurück, die wissen sicher, wo Sie sind. Kommen Sie zu mir, dort haben wir unsere Ruhe.»

Cheryl und Anastasia blieben höflich, denn sie hatten nur ein Verlangen: SCHLAF!

Es wäre eine Beleidigung des Verstandes, wenn behauptet würde, sie wären ohne weitere Bedenken eingeschlafen. Zuerst mußte im Wohnzimmer ein Bett aufgestellt und dann das, was sie erlebt hatten, noch einmal durchgekaut werden. Anastasia kam als erste darauf, als sie an dem zum Bett umgebauten Sofa entlangstrich:

«Auch wenn sie vom Zirkus, den der Pater-Abbé macht, noch so genervt wären, echte Arbeiter hätten doch nicht auf uns geschossen, oder?»

Es war eine Feststellung, bei der eine wirklich existentielle Frage mitschwang. (Die menschlichen Beziehungen waren doch noch nicht so weit gesunken? Bitte, bestätige mir, eine solche Barbarei haben wir doch noch lange nicht erreicht!) Cheryl war die Tragweite nicht entgangen, und sie erwiderte beruhigend:

«Nein, ganz offensichtlich waren das keine gewöhnlichen Arbeiter. Denen hat es gar nicht gepaßt, daß sie gestört wurden.»

Anastasia dankte ihr mit einem Blick. Sah aber, da ihnen nur wenige Stunden Schlaf blieben, davon ab, noch -zig andere Fragen zu stellen, die ihr wie Cheryl im Kopf herumgingen.

Diese hob sich drei davon für die Nacht auf, nämlich:

1. Was haben diese Typen in dem Gebäude zu schaffen?

2. Was hatte das mit Angelos Tod zu tun?

3. Was hatte sie, Cheryl, mit alledem am Hut?

Eine intellektuelle Erregung, die bewies, daß sie

noch einen weiten Weg zurückzulegen hatte, bis sie in die Fußtapfen einer Rächerin vom Typ Zorro & Co treten konnte.

Als die beiden um zehn Uhr aufstanden, hatte Paul Lacomblé bereits seine gesamten Papiere gewälzt und betrat voller Hoffnung die Bibliothek.

20

PULP und die Waffen der Frauen

VICTOR SERGE meinte: ***Es gibt keine Macht auf der Welt, welche die Flut der Revolution eindämmen könnte, wenn sie anschwillt.***

Mario, Ramón und der Pater-Abbé waren als erste eingetroffen. Sie lästerten schon über die Feigheit ihrer Gefährten vom Vorabend, als die Mädchen den Boulevard überquerten. Paul traf fünf Minuten später ein, außer Atem und mit einem Packen Papieren unter dem Arm. In höchster Erregung verkündete er, daß er interessante Entdeckungen gemacht habe. Mario, der furchtbar schlecht gelaunt zu sein schien, wiederholte, was er eben im Radio gehört hatte: Zwei männliche Leichen seien auf den Stufen der leerstehenden Kapelle gefunden worden, aber keine entsprach der Beschreibung von Jo.

«Die sind fähig, seine Leiche als Geisel zu behalten ...»

Dies brachte ihnen in Erinnerung, daß in dieser üblen Geschichte außer Angelo noch einer hopsgegangen war.

Die zwei Gegner gar nicht mitgezählt.

Um das Psychodrama nicht zu verschlimmern, schlug Paul vor, seine Informationen mitzuteilen.

Und Felix bedeutete ihnen, sie sollten ihm zu einer offenen Tür im hinteren Teil des scheußlichen religiösen Gebäudes folgen. Sie gingen mehrere lange Treppen hinunter und gelangten in einen Flur, an dem eine ganze Reihe offenbar leerer Räume lagen. Ohne Zögern steuerte der Pater-Abbé auf den letzten links hinten zu:

«Hier sind wir ungestört.»

Der Raum, in den er sie einließ, erinnerte wild an ein Pfadfindertreffen: Wimpel, Gürtel, Wolfsköpfe und gute Taten an allen Wänden. Keiner besaß die Taktlosigkeit, den Pater zu fragen, woher er diesen Ort kannte. Aufgeregt setzte Paul sich auf einen der Stühle in der Mitte:

«Ich habe zwei Artikel über den Verein ‹SOS Europäische Freundschaft› gefunden. Im ersten wird er als Projekt genannt, im Zusammenhang mit der Umwandlung der Kirche in ein Gemeinde-Kommunikationszentrum.» (An der plötzlichen Anspannung des Pater-Abbé merkte man, daß das für ihn ein schmerzliches Thema war.) «Aber der zweite ist interessanter. Zwei Beamte der Europäischen Behörden sind kürzlich wegen Bestechung festgenommen worden. Sie haben sich einen Teil der Subventionen, die sie verschiedenen Projekten genehmigt hatten, auf ihr Konto überweisen lassen. Ohne genauere Angaben stellt der Artikelschreiber fest, daß einer der Beamten Mitglied der ‹SOS Europäische Freundschaft› ist.»

«Na und?» fragte Mario und gab damit der Meinung der anderen Ausdruck.

«Wir können da jedenfalls weitergraben ...»

«Und dann in der Grube hocken bleiben? Die

haben uns doch ihre Toten mit Absicht vor die Tür gelegt. Das ist eine Botschaft: Ab heute ist Krieg. Sie oder wir. Selbst wenn wir beweisen können, daß ihre Machenschaften illegal sind, ist Jo noch lange nicht gerächt.»

Obwohl Cheryl für Gewalt nur entfernt etwas übrig hatte, mußte sie Mario ein wenig Recht geben. Ganz offensichtlich fischten die Typen, denen sie am Vorabend begegnet waren, im trüben. Und sie spürte, auf legaler Ebene würden die bestimmt gewinnen. Und sei es nur mit Zermürbungstaktik. Bliebe zu beweisen, ob ihre kleine Truppe sie nicht mit individuelleren Methoden kleinkriegen konnte.

Wenn sie ihre Überlegungen noch etwas weitergetrieben hätte, hätte sie sich wahrscheinlich fragen müssen, was eine Friseuse aus der Rue Popincourt in den Kellern einer Brüsseler Basilika suchte. Noch dazu beim Aushecken einer Strafexpedition, bei der die posthume Ehre von zwei Männern gerettet werden sollte, die sie kaum gekannt hatte. Pulp hätte ihr zu diesem Thema viel zu sagen gehabt, aber in diesem Augenblick erfuhr er gerade von Maria, daß Cheryl von ihrer belgischen Haarexpedition nicht sofort zurückkehren würde, und fragte sich, wo er «Das Lied vom Ungeliebten» von Apollinaire angenehmer zu Ende lesen könnte, in seinem Hotelzimmer oder auf der rosa Tagesdecke von Cheryl. Eine verdammt schwierige Entscheidung!

Solche Bedenken kannte Mario nicht:

«Ihr habt Spuren, aber ich habe ... das hier», er zeigte einen Schlagstock, der unter seinem Trenchcoat hing, «das erspart uns ein Jahr Nachforschungen!»

Er stand bereits auf, mit ihm Ramón, der einen identischen Schlagstock hervorzog. Cheryl, die das Mauerblümchendasein satt hatte, wunderte sich mit den Worten:

«Jetzt machen wir Nägel mit Köpfen, wir statten der Europäischen Freundschaft einen Besuch ab. Währenddessen wühlen Sie, Paul, in Ihren Papieren, um möglichst viele Informationen zu bekommen ...»

Paul schien im Grundsatz einverstanden, und Cheryl wandte sich an den Pater-Abbé um Unterstützung, aber der schaute gebannt auf seine Uhr, ohne zu reagieren. Nach einigem Zögern hatten sie einen Plan ausgearbeitet, der ihnen Zugang zu dem Objekt verschaffen sollte. Er war ziemlich einfach, aber oft haben die dümmsten Ideen hervorragende Ergebnisse (etwa die Erfindung des Rades; sie hatte Jahrhunderte später, wenn auch indirekt, aber die Form war gegeben, zum Beispiel zur Invasion der Pogs beigetragen, dieser dämlichen Sammelbildchenplaketten). Sie beschlossen also, daß Cheryl und Anastasia ganz freundlich an der Tür läuten, Ramón und Mario dann mit ihren Waffen den Zutritt erzwingen sollten. Paul fragte sich eben, ob die Strategie genügte, als der Pater-Abbé sie unterbrach:

«Sie müßten jetzt da sein, laßt uns hinübergehen.»

Er stand auf, sie konnten nichts mehr erwidern.

Alle folgten also der langen Silhouette auf der Treppe, die sie wieder auf die Straße führte.

Tatsächlich, sie waren da.

21

VICTOR SERGE meinte: ***Die einzige Frage ist, welche Art von Einschränkungen und Zwängen wir bewußt hinzunehmen bereit sind.***

Keiner, natürlich außer dem Pater-Abbé, war darauf gefaßt. Es waren um die dreißig Leute, Männer und Frauen in schwarzen Kutten (barfuß in ihren Ledersandalen; die völlig verblüffte Cheryl nahm das ganz mechanisch auf), schweigend standen sie aufgereiht im hinteren Teil der Basilika. Der Pater-Abbé hob, offensichtlich hocherfreut, die Arme zum Himmel und drehte sich zu Mario um:

«Dies ist die Armee Gottes. Sie wird unsere Schwestern und Brüder rächen, die von den Europäischen Engeln des Bösen aus ihren Klöstern vertrieben wurden! Sie wird sie dafür bestrafen, daß sie unsere Kirchen und Kapellen verfallen ließen. Dank ihrer Hilfe wird die Seele eures Freundes und unser Bruder Angelo seinen Frieden finden.»

«Amen», schloß Cheryl im Geiste. Sie fragte sich, wie sie diesen Truppenzuwachs in ihren Plan einbeziehen sollten, doch Mario löste die Gleichung:

«Sie werden direkt hinter uns hineindrängen. Daß es so viele sind, wird für uns günstig sein ...»

Paul nickte heftig mit dem Kopf und ergänzte in freudigem Ton:

«Und wenn die Behörden einschreiten, geben wir der Operation eine politische Wendung! Schließlich kämpfen die Patres der Erlösergemeinde für ihre Kirche, und es ist die Europäische Freundschaft, die sie ihnen verwehrt, oder?»

«Genial!» frohlockte Anastasia. Sie schien erleichtert, sich an dieses Fädchen Legitimität klammern zu können, da sie ansonsten nicht wußte, was sie von dem versammelten Schwachsinn halten sollte.

Sie marschierten daher alle zusammen zur Rue de l'Indépendance belge.

Cheryl fühlte sich nicht ganz wohl inmitten dieser kostümierten Schar, aber sie beruhigte sich selbst: Sie würde hier wohl kaum einem Bekannten begegnen.

Am Anfang der Straße ihrer Wünsche blieben sie stehen. Mario ging zuerst, um das Auge der Kamera zu meiden. Anastasia und Cheryl wollten folgen, dann die Bruderschaft und Paul.

Die beiden Mädchen klammerten sich wieder jede an ihr Maskottchen (die Spraydose und die Schere) und bewegten sich, mit einem Gefühl von Einsamkeit und Bedrückung, auf das Gebäude der «SOS Europäische Freundschaft» zu. Ohne sich umzudrehen, ahnte Cheryl wenige Meter hinter sich die Brüder im Gänsemarsch. Wenn ein Anwohner das sah, würde er seinen Augen nicht trauen. Als sie endlich vor der Tür standen, bemerkte Cheryl, daß der schwarze Jeep nicht da war, aber der unter dem Fenster kniende Mario bedeutete ihr mit aufgeregten Gesten, sie solle auf die Klingel drücken.

Sie schellte, ihre Freundin immer noch neben sich.

Ding, dong.

Sie hörten, wie die Kamera um ihre Achse schwenkte und eine knisternde Stimme sie fragte:

«Ja, worum geht es?»

Scheiiiße! Eine Sprechanlage!

Ohne die Fassung zu verlieren, reckte Cheryl die Brust und raschelte mit den Papieren, die Paul ihr gegeben hatte:

«Volkszählung. Nur fünf Minuten.»

«Einen Moment.»

Mario hatte den Schlagstock herausgeholt, und Cheryl wurde die Zeit lang.

Zu ihrer Rechten reihte sich die Schar der Brüder hinter der langen Silhouette vom Pater-Abbé auf, der seine dicken schwarzen Augenbrauen zusammenzog und die Arme ausbreitete. Anastasia machte eine Handbewegung, er solle still sein.

Die Tür öffnet sich.

Mario stürzt sofort herzu (offenbar hat ihm die Wut Flügel verliehen), er packt einen Mann, den Cheryl kaum gesehen hat, sie wird vom Schwung Ramóns mitgerissen, der sie ins Innere schiebt. Der nachfolgende Ringkampf hat mehr von einem Madonna-Konzert beim Einlaß als von einer revolutionären Aktion. Zu den Rufen «Tod den Feiglingen! Tod den Feiglingen!» von Mario wird Cheryl getragen, gedrängt, mitgerissen, und erst auf dem Treppenabsatz des Obergeschosses bekommt sie wieder Boden unter die Füße. Ringsum ergreift eine Wolke schwarzer Kutten von den Räumlichkeiten Besitz, indem sie Telefone auflegt und Computer ausschaltet. Zumindest rufen sie den Eindruck eines solchen Umtriebs hervor, denn genaugenommen sind die Büros, die sie betreten, eher menschenleer. Cheryl fühlt sich ein wenig verloren unter all den Kämpfern für Gott, die sich jetzt überall niederknien und lateinische Sprüche aufsagen. Sie will gerade ins Erdgeschoß hinunter, um normale Menschen zu suchen, als sie von einem kleinen runden Kerl angerempelt wird, der mit einem schwarzen Täschchen unter dem Arm zur Treppe in den zweiten Stock rennt. Bestimmt weil die vielen Beter sie nerven, läuft sie ihm mit ihrer kleinen Schere hinterher. Im Flur des oberen Stockwerks hat der kleine Mann eben seine Hand auf die Türklinke eines Büros gelegt, als sie ihn einholt:

«Bleiben Sie stehen, bitte, halt!»

Ihr Kriegsschrei ist natürlich weniger wirksam als «Ramón, Ramón, der ist nicht von Karton!», das auf der unteren Etage gebrüllt wird. Um ihren Worten Gewicht zu geben, stößt sie ihre kleine Schere in den dicken Oberschenkel des Mannes vor ihr. Schließlich ist das deutlich einfacher als ein gepflegter Fassonschnitt. Um es sich zu beweisen, macht sie es noch mal. Da läßt der Mann seine Tasche fallen und fängt an zu brüllen. Sofort ist Ramón da, hinter ihm Paul. Um sich nützlich zu machen, hebt Cheryl das Täschchen auf und läßt es mechanisch in ihre eigene Handtasche gleiten. Auch der Pater-Abbé kommt dazu, und sie bringen gemeinsam (inklusive des kleinen runden Mannes mit dem durchlöcherten Oberschenkel) die Situation auf den Punkt.

Im Erdgeschoß wird der Unschuldige, der ihnen die Tür geöffnet hatte, in einem Raum gefesselt, der wie eine Bibliothek aussieht. Im ersten Stock werden drei Männer von der Brüderschaft in Schach gehalten, unter ihnen ist der kleine pummelige Mann, der wie ein Schwein blutet. Paul zieht Cheryl und den Pater-Abbé in einen Winkel:

«In einem Raum unten habe ich schwarze

Kästen entdeckt. Die gleichen habe ich auch im Berlaymont gesehen, sie lagen mit großen Mengen Draht bei den Fahrstühlen. Kommt, wir schauen nach, was drin ist.»

Ihren Gefangenen der Obhut von Ramón überlassend, gehen sie wieder hinunter zu Mario, der das Personal gewissenhaft bearbeitet:

«Sagt mir, wo die anderen sind, oder ich bring euch um. Ich habe nichts zu verlieren, hört ihr. Ich zähle bis drei ...»

Diese Methode ist vielleicht so gut wie jede andere ... Sie folgen Paul, der eine Küche durchquert und hinten eine Tür öffnet. Auf Regalen lagern einige Dutzend Kästen und, was noch interessanter ist, daneben mehrere Paare schwarzer Stiefel, tadellos aufgereiht, und darüber luftdichte weiße Overalls. Den unwiderlegbaren Beweis beiseite lassend, ergreift Paul einen schwarzen Kasten und öffnet ihn. Über seine Schulter erkennt Cheryl Geräte, die der Pater-Abbé sofort identifiziert:

«Verdammt noch mal, das sind Mikrofone und Sender ...»

Was Paul zu dem Schluß verhilft:

«Das machen sie also nachts im Berlaymont! Sie bauen die Abhöranlage wieder aus.»

Sie begeben sich auf die Suche nach Ramón, Mario und Anastasia, um ihnen ihre Entdeckung mitzuteilen.

22

VICTOR SERGE meinte: ***Wenn man in der illegalen Aktion seine Rolle gefunden hat, wenn man weiß, daß die revolutionäre Aufgabe Opfer verlangt und daß jeder Same der Hingabe an die Sache hundertfach Früchte trägt, ist man unbesiegbar.***

Auch Mario kann Erfolge aufweisen; sobald er die anderen Ermittler sieht, teilt er ihnen die Ergebnisse seiner Verhöraktion mit:

«Einer von den Leuten hat mir gesagt, die anderen seien ins Berlaymont zurückgegangen, sie würden bald wiederkommen. Denen zittert der Rüssel vor uns, er hat mich mehrmals gefragt, ob wir zum Komitee Z gehören. Und dann irgend etwas über Befehle, die vielleicht mißverstanden worden wären, jetzt ist er ein bißchen weggetreten, aber ich bin sicher, er wird alles ausspucken, was er weiß.»

Cheryl berichtet ihm von ihrer Entdeckung. Zusammen mit den etwas vagen Informationen von Mario ergibt das immerhin ein Gefüge, auch wenn sie noch nicht alle Querverbindungen kennen. Paul regt sich ein bißchen auf:

«Wir sollten ausnutzen, daß wir einmal da sind, und alles durchsuchen, die Erklärung muß hier sein.»

Jeder wendet sich wieder zu den Schreibstuben, um (je nach seinen Fähigkeiten) die Nase in Papiere zu stecken oder das Personal zu befragen. Cheryl zieht die Papiere vor. In einem riesigen Büro öffnet sie, immer noch umgeben von den betenden Brüdern, metallene Kardexschränke. Jeder trägt das

Etikett «Generaldirektion». Sie enthalten eine Menge Karteikarten mit Namen, oft auch Foto. Sie holt aufs Geratewohl eine heraus: Bruce L. Meraguе, B. DG IV, P3 und dahinter eine Reihe von Daten, die zum Teil rot eingekringelt sind. Sie versucht ihr Glück im nächsten Schrank, ebenfalls ohne Erfolg. Diese Geheimnistuerei nervt sie, das Raunen der Gebete tut ein übriges, also beschließt sie, sich lieber ihrem dicken Männchen im oberen Stockwerk zuzuwenden. Zur großen Enttäuschung von Cheryl erzittert der Mensch, bei dem sie mit ihrer Schere einen Eindruck hinterlassen hat, nicht, als sie das Büro betritt. Er hält sich nur immer noch stöhnend den Oberschenkel, unter dem wenig mitleidigen Blick von Ramón. Cheryl fragt zuerst den Bewacher:

«Hat er dir nichts gesagt?»

«Nein, aber ich habe ihn auch nicht verhört. Ich warte auf Mario ...»

«Der ist unten beschäftigt.»

Durch die Anwesenheit von Ramón gestärkt und durch die Gesänge aus der unteren Etage beträchtlich verärgert, ganz bestimmt auch unter dem telepathischen Einfluß ihres Pulp, geht Cheryl auf den kleinen Dicken zu, verabreicht ihm zuerst einmal ein saftiges Paar Backpfeifen und brüllt ihm dabei ins Ohr:

«Das kann nicht Stunden so weitergehen! Jetzt sagst du uns», sie fuchtelt mit ihren langen, schmalen Fingern, die sie mit einer guten Arnikacreme vor aggressiven Stoffen in der Haarbehandlung schützt, «erstens, was hat es mit eurem Ding von der Europäischen Freundschaft auf sich? Zweitens, was habt ihr im Berlaymont zu schaffen? Und drittens, was ist das Komitee Z?» Wider alle Erwartung genügt, wie in der schlechtesten Fernsehserie, schon dieser kleine Ausbruch, um ihn zum Reden zu bringen. Er sagt ihnen alles, was er weiß, spuckt ungeordnet Informationen aus, die Cheryl und Ramón, da sie darauf nicht gefaßt sind und nichts zum Aufschreiben haben, nur mit Mühe behalten können. Cheryl ist gerade dabei, sich das Ganze ein wenig zu wiederholen, als ein ohrenbetäubendes Getöse aus dem Erdgeschoß heraufschallt. Ramón gibt dem Mann, der eben gebeichtet hat, einen Kopfstoß und rennt hinter Cheryl die Treppe hinunter.

Auf dem Treppenabsatz des ersten Stocks haben sie Mühe, sich einen Weg durch die Jünger des Pater-Abbé zu bahnen, die sich im Flur zusammendrängen (sie sind zwar durchgeistigt, aber auch neugierig). Im Erdgeschoß geraten sie in die schlimmste Keilerei. Pater Felix steht auf einem Schreibtisch und schwingt ein Telefon um sich herum, das er an der Schnur hält. Er hofft wahrscheinlich, mit diesem Hilfslasso die Angreifer abzulenken, die sich auf Mario stürzen. Paul Lacomblé ist auch da, er klammert sich an den Rücken eines Mannes mit der Statur eines Rugbypfostens. Ramón bückt sich, um dem Telefon auszuweichen, das ihn schon einmal an der Schläfe gestreift hat, und stürzt sich ins Handgemenge. Cheryl bleibt etwas zurück, sie hat ihre Schere gezückt, doch will sie diese nur im äußersten Notfall verwenden. Sie ist zu ungeübt im Kampf, als daß sie sich in den Konflikt einschalten könnte, der vor ihren Augen abläuft. Sie erhascht kurz einen Blick von Anastasia am anderen Ende des Raums. Mario scheint in Schwierigkeiten, er steht mit dem Rücken zur Wand, ein Mann versucht ihn festzuhalten, während ein anderer ihm einen Faustschlag ins Gesicht geben will. Von ihrem Platz aus zählt Cheryl vier Angreifer, hinzu kommt ein kleiner Schmächtiger, der eben die Eingangstür öffnet. Erstaunlicherweise ist der Kampf, abgesehen von ein paar «Han», «Uff» und «Aua» völlig lautlos, sogar der Pater-Abbé sieht davon ab, einen seiner bevorzugten göttlichen Sprüche abzulassen.

In diese Stille hallt der Ruf Pauls daher wie die Trompeten von Jericho:

«Hilfe! Zu mir! Helft mir!»

Seinen Verbündeten bleibt kaum Zeit, den Kopf zu wenden, da herrscht schon allgemeiner Aufbruch. Die Angreifer haben von Mario an der Wand abgelassen, um hinter den beiden Figuren hinauszustürzen, die Paul Lacomblé mitschleifen. Der Pater-Abbé springt von seinem Schreibtisch den Ex-Angreifern hinterher, fällt aber erbärmlich auf den bordeauxroten Teppichboden, Cheryl in den Weg, die zur Tür rennen will. Als sie endlich den Bürgersteig erreicht, sieht sie eben noch die Rücklichter des anfahrenden schwarzen Jeeps und Paul Lacomblés Hand, die sich, in einer letzten, verzweifelten Bitte um Hilfe, zum Rückfenster streckt.

23

VICTOR SERGE meinte: ***Wie die Natur, so ist auch die Geschichte im Lauf ihrer Erfüllung weder gerecht noch ungerecht: Sie ist notwendig. Es kommt vor, daß sie auch jene zermalmt, die mit ganzer Seele zu ihren Werkzeugen werden wollen.***

Der Pater-Abbé war vergeblich hinter dem Wagen hergelaufen, was natürlich eher lächerlich wirkte. Danach traf er seine Kampfgefährten sehr niedergeschlagen vor. Anastasia und Cheryl versuchten, Mario zu beruhigen, der seinen Ärger an einem der Büroangestellten ausließ, die sie bei ihrer Ankunft angetroffen hatten. Nicht einmal Ramón konnte ihn zur Räson bringen. Nichts zu machen, sie ließen ihn sich abreagieren und berieten die Lage ohne ihn.

Der Pater-Abbé war entschlossen:

«Wir müssen Paul befreien.»

Alle waren einverstanden (es war auch anders kaum denkbar ...), es mußte nur noch über die Mittel entschieden werden. Cheryl schlug vor, daß sie um sich herum sicher genügend Material hätten, das man im Austausch anbieten konnte, aber da wurde sie von Mario, der dazustieß, wütend unterbrochen:

«Und wer sagt euch, daß sie die geringste Lust haben zu verhandeln? Oder irgend etwas auszutauschen? Sie haben sich gerächt, das ist alles. Wir haben zwei von ihnen gekillt, sie haben schon Jo, Paul ist Nummer zwei. Mit Paul ist es aus.»

Cheryl ging so viel Pessimismus gegen den Strich:

«Wenn sie sich hätten rächen wollen, hätten sie uns alle umbringen können.»

«Da hätten sie erst mal wissen müssen, daß wir da sind ...»

Ein Punkt beide. Jeder stellte wieder eigene Überlegungen an. Ihnen fehlte bereits Pauls analytischer Geist, Cheryl versuchte ihn zu ersetzen:

«Hier gibt es bestimmt einen, der weiß, wo wir sie finden.»

Sie wandten ihre Blicke zu dem Mann, an dem Mario seine Wut ausgelassen hatte, er würde ihnen in der nächsten Zeit nicht viel helfen können, deshalb schlug Ramón den kleinen Dicken im zweiten Stock vor, der vorher so redselig gewesen war. Aber als sie oben ankamen, war er weg. Offenbar hatte der Kopfstoß nicht gereicht, um ihn am Ausbüxen zu hindern, sobald sich die Gelegenheit bot. Macht nichts, Cheryl konnte wiederholen, was er ihnen gesagt hatte, Mario ergänzte mit seinen eigenen Informationen, und insgesamt entstand etwa folgendes Bild:

«Dieser Verein», sie machte eine Armbewegung um sich herum, «ist etwa zur gleichen Zeit entstanden wie die Europäische Gemeinschaft. Er sollte die Integration der kleinen Neulinge erleichtern, die aus ihren Ländern nach Brüssel kamen, um dort zu arbeiten, vor allem im Berlaymont. Bei der Anmietung von Wohnungen, bei Anmeldungen in Schulen und Gemeinden ... bei dem ganzen Papierkram. Aber wie uns dieser Typ gesagt hat», sie setzte sich auf den leeren Sessel hinter dem Schreibtisch, «haben ihn die Beamten bald dazu benutzt, um Informationen über die anderen Beamten zu sammeln. Anfangs sollte das nur die Kontakte erleichtern oder die Gruppen aus den verschiedenen Regionen zusammenführen, etwa die Katalanen, die aus der Auvergne, aus dem Piemont, aus Irland … In aller Stille ist daraus schließlich eine bestarbeitende Geheimdienstorganisation geworden. Hier wurde angefragt, wer diese oder jene Akte bearbeitete und wie man ihn behandeln mußte, um sich seine Unterstützung zu sichern. Im Austausch gab der mit der Anfrage seine eigenen Informationen weiter. Der Verein wurde zu einer riesigen Bank für interne Daten, und das drang auch nach außen. Andere haben an die Tür geklopft, die wissen wollten, wie man die Beamten gnädig stimmen oder im voraus etwas über diese oder jene Ausschreibung erfahren konnte … An dem Punkt ist anscheinend alles auf die schiefe Bahn geraten, es ist viel Geld angekommen, zuerst, um Informationen zu beschaffen, später, um bestimmte Ziele zu erreichen. Bis zum Komitee Z.»

Mario warf ein:

«Das ist ihr bewaffneter Arm. Etwa dreißig Mann, die für sie die Drecksarbeit erledigen. Zum Beispiel auf einen Experten schießen, der die Verteilung der Subventionen kontrollieren möchte. Oder die Abhöranlage ausbauen, die der Verein ins Berlaymont eingesetzt hat. Nach dem, was mir das Arschloch da unten gesagt hat, hatte das Komitee Z das übernommen. Paul hatte anscheinend recht, zwei Beamte, die sich was abgezweigt hatten, sind geschnappt worden. Und bei ‹SOS Europäische Freundschaft› hatten sie dann frostige Flossen, daß die auspacken. Deshalb haben sie in aller Eile ihre Rohrreiniger bestellt, um im Berlaymont aufzuräumen. Über Angelo, hat er gesagt, weiß er nichts, er hatte nur gehört, daß einer sich über die Besuche vom Pater-Abbé beschwert hat, wahrscheinlich wollten sie ihm Angst einjagen oder die Polizei auf die Patres von der Erlösergemeinde zur Wiederauferstehung der Ewigen Jungfrau aufmerksam machen und sie aus dem Viertel vertreiben ...»

«Jedenfalls wissen wir jetzt, wer die Schuld an Jos Tod hat ...» schloß Ramón düster.

Die gleichen, die Paul entführt haben, dachten die anderen.

Anastasia, die sich bisher zurückgehalten hatte, fragte jetzt laut:

«Glaubt ihr, daß sie ihn ins Berlaymont gebracht haben?»

Sie gab damit ihrer (wie der allgemeinen) Furcht Ausdruck, noch einmal in das unheimliche Gebäude gehen zu müssen. Natürlich wußte darauf keiner eine Antwort, aber Mario meldete sich freiwillig, um die Frage dem, was von dem Typen im Erdgeschoß übrig war, zu stellen. Den Pater-Abbé zog es in den ersten Stock:

«Meine Anhänger haben drei Personen in ihrer Gewalt, ich denke, wir werden sie dazu bringen, daß sie ihre Sünden beichten.»

‹Da habe ich keine Zweifel›, dachte Cheryl, während sie die lange Silhouette von Felix die Treppe hinuntergehen sah. Ramón unterstützte seinen Chef, so daß Cheryl und Anastasia allein zurückblieben. Die beiden Mädchen stellten das Büro völlig auf den Kopf, zogen Schubladen mit Notizbüchern, Visitenkarten, Briefbögen auf, fanden Zigaretten und sogar eine Flasche mit amerikanischem

Wodka (was für ein Sakrileg!). Cheryl lachte, als sie sah, wie ihre Freundin die Flasche mit spitzen Fingern anfaßte, bevor sie sie lässig über die Schulter warf. «Das bringt Glück bei uns», meinte sie, um das Geräusch zersplitternden Glases zu unterstreichen. In dieser eher entspannten Stimmung öffnete Cheryl die letzte Schublade, ohne zu ahnen, daß sie kurz darauf einen Schrei der Freude und danach einen des tiefen Horrors ausstoßen würde.

Die menschlichen Gefühle erzwingen einfach große Flexibilität, um mit ihrer Komplexität fertig zu werden.

24

VICTOR SERGE meinte: ***Es gibt keine Wahrheit, keine große und keine kleine, die objektiv und erhaben über dem Klassenkampf stehen würde.***

Zuerst der Freudenschrei. Kaum verborgen unter einer nachlässig darübergelegten Zeitung, fand Cheryl Dutzende von Geldbündeln, die in vier Schichten den ganzen Boden der Schublade bedeckten. Selbst in belgischen Franken war das eine ganze Menge Kohle. Nicht zu verachten. Während sie Anastasia rief, nahm sie zerstreut eine kleine längliche Schachtel, die im gleichen Schubfach gelegen hatte. Sie erwartete wahrscheinlich einen Montblanc-Füller, eine Zigarre vom Diplomatischen Corps oder eine Rolex-Uhr zu finden (man gewöhnt sich so schnell an den Luxus), statt dessen richteten sich ihre Augen auf ein graugrünes Ding in Watte. Das Material und die Form waren so seltsam, daß sie einige Sekunden brauchte, um einen abgeschnittenen Finger in einem fortgeschrittenen Stadium der Verwesung zu erkennen. Daher der Schrei des Horrors. Wie die Wodkaflasche zuvor (aber wahrscheinlich nicht mit der gleichen Wirkung) warf sie das Ding so weit wie möglich von sich. Dem Erbrechen nahe, erläuterte sie Anastasia, was sie da eben weggeworfen hatte.

«Igittigitt!» sagte ihre Freundin und verzog den Mund, doch konnte sie ihre Augen nicht von dem Bett mit Knete wenden, das am Grund der Schublade ruhte:

«Verdammt, das ist ein ganzer Haufen!»

«Du sagst es», erwiderte Cheryl. Sie wollte eben etwas hinzufügen, als die Stimme des Pater-Abbé von unten herauftönte:

«Versammlung! Versammlung!»

Ganz praktisch denkend, öffnete Anastasia ihre Handtasche:

«Du willst ihnen das doch wohl nicht lassen?!»

Drei Minuten später stürzten sie bereichert in das weitläufige Büro im ersten Stock, zur gleichen Zeit wie Mario und Ramón, die vom Erdgeschoß heraufkamen. Sie trafen dort auf eine Szene, die aus einem schlechten Low-budget-Kostümfilm stammen konnte oder aus einer Neuverfilmung von «Pontius Pilatus», gespielt von den ehemaligen Schülern aus dem Freundeskreis der Oberschule von Trifouillis-les-bois-sur-Meuse. Die Oberkörper der drei Angestellten waren nackt. Die Patres hatten sie mit ihren Gürtelkordeln gefesselt, das erste Opfer kniete, das zweite lag ausgestreckt zu Füßen des dritten, das gekreuzigt an der Gardinenstange hing. Und wie immer überall Männer und Frauen im Gebet. Ein unvergeßlicher Anblick! Doch der Pater-Abbé brachte sie schnell auf andere Gedanken:

«Es ist geschafft, sie haben mir eine Adresse gegeben!»

Er fuchtelte mit einem Papier vor Marios Nase herum, der sagte, um nicht hintanzustehen:

«Ich habe den Kontaktmann zum Komitee Z und das Verfahren, wie sie zu ihren Aufträgen kommen. Jo sei mein Zeuge, sie werden sich an uns erinnern! Also los, auf geht's!»

Der Pater-Abbé hielt ihn am Ärmel zurück und gab einem seiner Jünger ein Zeichen herzukommen:

«Das ist Pater François-Joseph ...»

Cheryl bemerkte, daß er den Gürtel, mit dem er einen der Angestellten gegeißelt hatte, immer noch in der Hand hielt.

«... Ich habe gedacht, wenn ihr einverstanden seid, könnte er hierbleiben und die Presse informieren. Er wird ihnen sagen, daß er das Personal festhält, weil sie unsere Kirche zerstören wollen, damit käme einer ihrer finsteren Pläne ans Licht und ...»

Da Mario einen weiteren geistlichen Höhenflug befürchtete, beeilte er sich zuzustimmen. Auch die Mädchen waren einverstanden. Sie berichteten, was sie im Obergeschoß gefunden hatten, aber erst, als François-Joseph nicht mehr zuhörte. Ein wenig unsicher fragte Anastasia:

«Vielleicht wäre das Geld ein Beweis oder ...»

Der Pater-Abbé unterbrach sie mit dem Hinweis, daß der abgeschnittene Finger völlig ausreichte. Die anderen nickten, endlich konnten sie Paul retten gehen.

Sie verließen das Gebäude von «SOS Europäische Freundschaft» ohne Bedauern, denn sie wußten, es war in guten Händen. Auf dem Weg zurück zur Basilika und zu Anastasias Auto bemerkte Ramón mehrfach, daß er vor Hunger starb, aber der Pater-Abbé gab ihm ungerührt zu bedenken, daß der arme Paul vielleicht einfach nur starb. So kletterten sie noch einmal alle in den Fiesta. Da Paul fehlte, hatte sich Cheryl entschlossen neben ihre Freundin gesetzt und überließ die Rückbank den drei Männern. Um die Stimmung etwas zu heben, schaltete Anastasia das Radio ein, so erfuhren sie aus den 18-Uhr-Nachrichten, daß ein Mann in einem weißen Overall gefunden wurde, der offenbar vom Berlaymont heruntergefallen war. Der Reporter nahm den Vorfall zum Anlaß, um über die Arbeiten am Berlaymont zu berichten: «… eine Sanierung, durch eine hohe Konzentration von Asbestfasern notwendig …» und so weiter und so fort, ohne wirklich etwas zu sagen. Nämlich, ginge es nach dem Pater-Abbé, daß auf dem Grundstück früher ein Kloster gewesen war und, ginge es nach den anderen, daß der Tote nicht etwa ein Arbeiter war, sondern Jo der Rächer. Sie hatten ihn bei der Erwähnung einer Tätowierung auf dem Unterarm, ‹Ramón Ramón der ist nicht von Karton›, sofort identifiziert. Der Reporter hatte es zitiert, live, ohne jedes Gefühl. Die Erinnerung daran ließ in Ramón Tränen aufsteigen.

Im Gegensatz zu Anastasias Absicht hatte das Radio die Stimmung keineswegs gehoben, im Gegenteil. Die Rückbank wollte jetzt Blut sehen.

Die Adresse, die ihnen der Pater-Abbé gegeben hatte, führte sie in die Nähe vom *Amour fou*, dem Café, in dem Anastasia und Cheryl vor hundert Jahren einmal gegessen hatten. Eben dort, wo sich die beiden auf dieses verrückte Abenteuer eingelassen hatten (genau gegenüber von der Stelle, wo Victor Serge und Raymond-der-Geist einst etc.). Kurzum, Anastasia fuhr ihren Fiesta die Chaussée d'Ixelles entlang, hinter einem Bus Nr. 71 her, und verlangte, daß sie ihr die Hausnummer sagten: 257. Sie fuhren die ganze Straße ab, und Cheryl entdeckte als erste die Nummer. Anastasia kurvte einmal um den Block, um direkt gegenüber zu parken. Im Erdgeschoß war eine Buchhandlung: Krimi & Cie., eben kam der Besitzer heraus und schloß sorgfältig die Tür ab. Im Stock darüber brannte Licht, Mario zufolge war dies der Unterschlupf.

«Er hat gesagt: über dem Buchladen.»

Kein Zweifel, unverzüglich stiegen alle aus, und ohne einen Blick für die schwarzen Titel im Schaufenster trat Mario die Tür ein, die zur Wohnung im Obergeschoß führte. Die Wut gab ihm zehnfache Kräfte. Alle drängten in den engen Flur und auf die Treppe. Trotz des Lärms schien ihr brutales Eindringen keinen der Bewohner zu stören, das hatte einen Grund, denn als sie die Wohnung erreichten, war sie leer. Papiere, schwarze Schachteln wie die bei «SOS Europäische Freundschaft» und Koffer verschiedener Größe lagen auf dem Boden verstreut, aber von ihrem Freund oder seinen Bewachern keine Spur.

«Verdammte Scheiße!» brüllte Ramón und drückte damit exakt die Meinung aller aus.

Aber dieser halbe Mißerfolg konnte ihnen nichts anhaben. Gedopt von den Adrenalinschüben, die der Hunger, die Wut und die Gruppe ihnen gaben, strebten sie zum Auto und zu ihrem neuen Ziel. Sie hatten Manschetten, wußten aber, daß sie notgedrungen dahin zurückmußten: ins Berlaymont.

25

VICTOR SERGE meinte: ***Von der vierten Seite an ist der Text von Lenin: Auf der Straße der Revolte.***

Als sie das Viertel erreichten, hielt Anastasia zunächst vor der Kirche des Pater-Abbé, um Lampen zu holen und Hacken, die als Waffen dienen konnten, des weiteren ein Weihrauchfaß (das war Felix sehr wichtig). Wieder standen sie vor dem grünen Zaun. Hinter dem Gebäude entdeckte Mario den schwarzen Jeep. Bingo. Als sie auf die Metalltür zugingen, wandte der Pater-Abbé ein:

«Hier ist es zu gefährlich. Wir sollten über die Tiefgarage gehen, in der Unterführung ist die Einfahrt, dort bin ich doch das letzte Mal rausgekommen, als ihr mich gefunden habt …»

Mario hielt dagegen:

«Warum so ein Umweg! Das letzte Mal haben sie uns überrascht, diesmal lassen wir sie nicht davonkommen!»

«Aber wenn sie am Ende des Flurs auf uns warten, sitzen wir in der Falle wie die Ratten.»

Nach einigen Minuten der Überlegung schlug

der Stratege Mario dem Pater-Abbé vor, er sollte sich von Anastasia mit dem Auto bis zur Unterführung bringen lassen.

«... Währenddessen stellen wir ihnen eine Falle, um zu schauen, ob jemand am Ende des Flurs auf uns lauert ...» Er zeigte mit dem Daumen auf die Tür, dann wandte er sich an Anastasia: «Danach kommst du hierher zurück, parkst auf dem Gehweg und läßt den Motor an. Wir müssen vielleicht 'ne ganz flinke Rolle machen.»

Kurz bevor der Pater-Abbé mit Anastasia verschwand, lieh sich Mario von ihm das Weihrauchfaß und erläuterte Cheryl seinen Plan. Er war ganz einfach:

«Du schlüpfst mit dem Ding rein», er schwenkte das Weihrauchfaß, «dann bleibst du ganz still. Wenn jemand da ist, hört er dich kommen und denkt bei dem Geruch, es ist der Pater. Ich lasse ihm keine fünf Minuten Zeit, um zu schauen, wer der Stärkere ist. Er rennt bestimmt in den Flur; wenn er am Ende ankommt, machen wir die Tür auf, und paff ...», er machte eine eindeutige Geste mit dem Stiel seiner Hacke.

Über Mario konnte man vieles sagen, daß er ein Dieb, ein Herumtreiber, ein Betrüger war, aber keiner hätte ihm vorgeworfen, daß er nicht kämpfen konnte. Sobald Cheryl die Tür hinter sich schloß, hatte sie das untrügliche Gefühl, daß tatsächlich jemand am anderen Ende des Flurs auf sie wartete. Ohne sich zu rühren, riß sie die Augen auf, da der Weihrauch sie benebelte. Alle ihre Sinne standen auf Alarm, und um sich zu beruhigen, umklammerte sie die kleine Schere, die ihr wenige Stunden zuvor so gute Dienste geleistet hatte. Obwohl Mario und Ramón direkt hinter der Tür warteten, mußte sie ans Schlimmste denken, etwa, sie könnte mit dem Weihrauchfaß hinfallen und ihre Haare könnten Feuer fangen, das heißt, ihr Gesicht würde entstellt … In ihren trüben Gedanken verloren, betäubt von dem lauten Schlagen ihres Herzens, entging ihr fast, daß eine weiße Gestalt auf sie zustürmte. In einer einzigen Bewegung trat sie mit ihrem Bein nach hinten gegen die Tür, um die anderen zu warnen, und warf dem Typ das Weihrauchfaß entgegen. Der blieb stöhnend stehen, ein Schwung von hinten, Mario stürzte in den Flur, stieß Cheryl nach vorne, und ihre Schere bohrte sich in den Hals des Mannes im weißen Overall, der jetzt rote Flecken bekam.

Was nützte einem Heldentum, also wirklich!

Zum Ausgleich gab ihm Mario einen ordentlichen Schlag mit dem Stiel seiner Hacke, aber der Blutstrom und die Schere, die genau in der Kehle steckte, wiesen bereits auf einen verzweifelten Zustand hin. Sie tasteten sich vorsichtig in dem Flur weiter, Mario rechnete durchaus mit einem weiteren Gegner, aber sie trafen auf keinen. Als sie in die runde Halle kamen, stellte sich die grausame Frage, ob sie auf den Pater-Abbé warten oder schon allein hinaufsteigen sollten. Darauf antworteten dumpfe Schläge, die im oberen Teil des Gebäudes ertönten, als ob jemand in regelmäßigen Abständen auf ein Stück Metall schlug, um sie nach oben zu locken. Nur das Eintreffen vom Pater-Abbé hinderte Mario daran, auf diese offenkundige Provokation hereinzufallen. Felix trat vorsichtig von hinter den Fahrstühlen auf sie zu:

«Schnell! Ich glaube, sie halten Paul unten fest!»

Gute Idee, sagte sich Cheryl, die dem Himmel dankte, daß sie nicht elf Stockwerke zu Fuß hinaufsteigen mußte. Sie folgten dem Pater Felix, an «-1» vorbei, und schlichen sich in das frühere Restaurant, «-2», das sie bereits besichtigt hatten. Felix knipste seine Lampe aus und flüsterte:

«Die Garage ist hier drunter; als ich an der Treppe vorbeikam, hörte ich Paul rufen. Na ja, ich hatte den Eindruck, daß er es war ...»

Ramón machte einen Schritt vorwärts:

«Also gut, los geht's, wir stürmen rein und nutzen den Überraschungseffekt.»

Die einfachsten Ideen sind manchmal die besten.

Der Pater-Abbé gab genau die Stelle hinter dem Restaurant an, von der die Stimme hergekommen war, vielleicht war das die Küche. Sie sammelten sich und beschlossen, brüllend hineinzustürmen, wenn der Pater-Abbé auf drei gezählt hatte.

«Eins, zwei, dre ...»

Ramón rannte schon los, hinter ihm Mario. Felix setzte sich an ihre Fersen, und Cheryl beleuchtete wie abgesprochen die Szene, so gut sie konnte. In einem wilden Getümmel sah sie, wie Mario sich auf eine weiße Gestalt stürzte, die bereits am Boden lag, während der Pater-Abbé die Fesseln an Pauls Beinen durchschnitt. Am Ende des Raums rannte Ramón hin und her, auf der Suche nach einem Feind, den er nicht fand. Offenbar wurden sie anderswo erwartet.

Auch jetzt noch, obzwar etwas gedämpft, drang das Geräusch von Schlägen aus dem oberen Teil des Berlaymont zu ihnen. Völlig auf hundertachtzig, bereitete Mario sich bereits darauf vor, dem Feind auf seinem eigenen Terrain zu begegnen, und es verlangte alle diplomatischen Künste von Paul und die göttlichen Appelle vom Pater-Abbé, um ihn davon abzuhalten. Aber noch als sie die Treppe in Richtung Stellplätze hinunterstiegen, brummelte er vor sich hin:

«Wenn ich Jo nicht räche, kann ich mich nie wieder im Spiegel anschauen. Nie wieder! Da sterbe ich lieber allein, von feindlichen Kugeln durchsiebt.»

So viel Theater erzeugte in Cheryl eine gewisse Anspannung, sie beeilte sich, ihn zu beruhigen, indem sie ihm auf ihren Kopf schwor, daß Jo gerächt würde. Der Pater-Abbé ließ die großen Doppeltüren, über denen Schilder zu den Parkplätzen wiesen, links liegen:

«Da ist alles dicht, mir nach.

Er ließ sie durch eine kleine Metalltür, von der er (wunderbarerweise?) die Schlüssel besaß. Sie betraten eine große, verlassene Fläche mit Stellplätzen. Wie im Innern des Gebäudes weite, ausgestorbene Räume, die ihr Unbehagen verstärkten. Große Fahrzeuge waren in der einen oder anderen Ecke geparkt. Geschützt von Bauplatzabsperrgittern, lagen riesige Fässer aus Weißmetall aufgestapelt. Ein mit Schablone gespritzter Totenkopf zeigte recht deutlich, worum es sich handelte.

Der Pater-Abbé deutete mit einer abfälligen Geste darauf:

«Da sperren sie das Böse hinein, das diesen verfluchten Ort heimsucht. Manchmal kommen nachts Lastwagen mit Polizeieskorte, um die Fässer aufzuladen und abzutransportieren. Keiner weiß, wohin, aber eines Tages werde ich es finden und mein Leben lang drauf aufpassen, damit kein Kloster über dem Schutt erbaut wird! »

Um der neuen kriegerischen Stimmung die Spitze zu nehmen, warf Ramón ein, das wäre bestimmt ein bombensicherer Deckmantel, um ganz diskret Gold oder Leichen verschwinden zu lassen. Alle stimmten wortlos zu. Gott sei Dank kam keiner auf die Idee nachzuschauen.

26

PULP und die Waffen der Frauen

VICTOR SERGE meinte: ***Die russische Revolution hat den alten Zwangsapparat von oben nach unten gekehrt. Auf seinen heiter angehäuften Trümmern hat sie ihren eigenen errichtet.***

Anastasia, die ihren Blick auf den grünen Zaun gerichtet hatte, war überrascht, als sie aus der anderen Richtung vor ihr auftauchten, aber auch ungeheuer erleichtert. Sie hatte die metallischen Schläge durch das Viertel hallen hören wie Totenglocken, die das Ableben ihrer Freunde verkündeten. Mehrfach war sie sogar versucht wegzufahren, um Hilfe zu holen, aber wen? Nur diese Frage hatte sie zurückgehalten. Alle zwängten sich wieder in den Fiesta, und Paul setzte sich nach vorne, Ehre den Befreiten. Hinten bemerkte Cheryl insgeheim, in einem Gewirr von Armen und Beinen, daß wohl ihre Schere den Tod des Mannes im Flur herbeigeführt hatte (sie sah zunächst davon ab, daß ihre Hand es war, die sie gehalten hatte, das war zu persönlich). Gleichzeitig schwor Mario Jo, daß er ihn rächen würde, und wenn es sein Leben kostete.

Glücklicherweise kam das Heil vom Pater-Abbé.

Von seinem Meter siebenundneunzig herab, seine Ledersandalen brachten da nicht mehr viel, schlug er eine Gipfelkonferenz in seiner Kirche vor, kaum daß er wieder ausgestiegen war. Nachdem sie sich rasch versichert hatten, daß sich keine Feinde dort aufhielten, setzten sich alle auf die kleinen Holzbänke.

Paul berichtete ihnen von seiner Entführung und dankte ihnen dabei sehr herzlich, daß sie so schnell eingeschritten waren. In seiner Stimme war die Rührung über diese Geste uneigennütziger Solidarität deutlich zu hören. Mit allen notwendigen lyrischen Formulierungen beschrieb der Pater-Abbé seinerseits die Überraschung in Gestalt der schwarzen Kutte, die sie im «SOS Europäische Freundschaft» zurückgelassen hatten. Er schloß mit den Worten:

«Ihr könnt mir vertrauen, ich kenne François-Joseph, mittlerweile ist es ihm gelungen, die anwesenden SOS-Angestellten davon zu überzeugen, daß sie vor laufender Kamera eine öffentliche Beichte ablegen.»

Die anderen erinnerten sich an den Angestellten, der gekreuzigt an der Gardinenstange gehangen hatte, und konnten ihm nur zustimmen. François-Joseph würde im Sinne der Geschichte handeln.

Blieb noch die Rache für Jo und das Geld, das Anastasia eben aus ihrer Tasche holte:

«Dann wäre noch das hier ...»

Während sie allmählich neben ihrem Schminkbeutel und ihrem Fa-Spray, das schließlich nicht zum Einsatz kam (jedenfalls nicht zu Verteidigungszwecken), alle Geldbündel aus ihrer riesigen Tasche herausholte, stapelte Felix, und Paul zählte. Als sie fertig waren, lagen vor dem Pater-Abbé drei Haufen mit violett-grünen Geldscheinen, und Paul verkündete mit leicht erschrockener Stimme: dreißig Millionen. Mit der Betonung auf dreißig.

Cheryl rechnete schnell um und betonte ihrerseits die fünf. Nicht übel.

Nachdem sie sich mehrere Minuten leicht verwirrt angeblickt hatten, wagte Mario sich auf recht unerwartete Weise vor: «Wir nehmen jeder einen Teil, aber das meiste lassen wir dem Pater-Abbé, damit er seine Kirche wieder aufbauen kann.»

Ausrufe wie «Gott ist groß» und «Alleluja» vom Pater-Abbé, der auf die Knie fiel, überdeckten die mehr oder weniger begeisterte Zustimmung der anderen (ein weiteres Mal werden keine Namen genannt, aus Rücksicht auf die moralische Integrität der Individuen). Paul meinte, eigentlich könnte man François-Joseph noch wissen lassen, die überlebenden Mitglieder von «SOS Europäische Freundschaft» sollten doch ihre Mittel dafür einsetzen, daß die Restaurierung von Kirche und Kapelle (endlich) in Angriff genommen wurde. Zu Jo wurde beschlossen, daß er einen Teil des Reibachs erhalten (was seiner Mutter zugute käme) und dann durch eine berufene Person gerächt werden sollte. Cheryl hatte als erste die Idee (sie erhielt sogleich von Paul moralischen Beistand):

«Setzt das Komitee Z darauf an. Du hast selbst gesagt, daß du die Telefonnummer und den Dreh kennst, wie sie in Gang gebracht werden. Du rufst sie an und sagst ihnen, sie sollen die Leute liquidieren, die bei dem Abmontieren der Abhöranlage gearbeitet haben. Du sagst ihnen, sie sollen es so schnell erledigen wie möglich. Mit ein bißchen Glück ist dann noch nicht alles abmontiert, und wenn die echten Arbeiter das entdecken, wird das einigen Aufruhr geben ...»

Vom Grundsatz her war das natürlich verführerisch, nur Mario lehnte es ab, das verdammte Arschgesicht von diesem verdammten Scheiß-Arschloch (!) nicht selbst mit eigenen Fäusten zu bearbeiten. Glücklicherweise setzte sich der Gruppeneffekt durch, und er ging telefonieren, mit Anastasia in der Rolle der Chauffeuse. Während ihrer Abwesenheit vergnügte sich Ramón damit, die Anteile auszurechnen: «Wenn wir zehn Millionen behalten, wir sind ... fünf, mit Jo sechs, das macht also ...» Paul antwortete automatisch: «Etwas mehr als 1,6 Mio.» ‹Davon kann ich den Salon renovieren›, dachte Cheryl. Sie schwankte noch zwischen Pastellfarben und einem Uni, das zu allem paßte, als Mario und Anastasia zurückkehrten:

«Ich glaube, es hat geklappt. Der Typ an der Strippe war nicht sehr redselig, aber am Ende hat er gesagt: ‹Das wird erledigt, mit der Bezahlung machen wir's wie üblich.›»

«Und was hast du geantwortet?» fragte der Pater-Abbé.

«Ja», erwiderte der Angesprochene, was allgemein Lachkrämpfe auslöste.

Sie lachten immer noch, als der Pater-Abbé ein Gebet vorschlug, und starben fast, als Mario das ablehnte mit der Begründung, bei der ganzen Knete, die er gerade bekommen hätte, sei ihm das Paradies auf Erden sicher. ‹Verdammt, tut das gut, sich einen abzulachen›, dachte Ramón, ‹fast so gut wie ein Feuer!› Um nicht hintanzustehen, röhrte er ein lautes «Ramón, Ramón, der ist nicht von Karton!», das sie alle im Chor mitsangen.

Als die Euphorie verflogen war, kam der Kassensturz.

Gewissenhaft teilte Paul das Geld auf: 1,6 Mio für jeden, den Rest für die Patres von der Erlösergemeinde.

Großspurig winkte Mario mit einem Geldbündel (das er aus dem Haufen vom Pater-Abbé geholt hatte, er war großzügig, aber nicht bekloppt):

«Und jetzt Champagner!»

Er zog sie nach draußen, wo sie weder von einem heiteren Himmel (es war ein Uhr morgens) noch vom Komitee Z, sondern von einem typisch belgischen Nieselregen empfangen wurden. Paul blieb auf dem Gehweg stehen:

«Wartet auf mich, ich komme in fünf Minuten wieder.»

Die anderen drängten zurück ins Innere des besetzten Hauses und sahen Paul im Regen davoneilen und im Leopold-Park verschwinden, der fünfzig Meter weiter unten lag. Er kam sehr bald wieder heraus, wobei er eine menschliche Gestalt schob und zog, die jeder schnell erkannte: Mateo.

Als er sie erreichte, rechtfertigte sich Paul:

«Ich konnte ihn wirklich nicht da lassen, während wir feiern …»

Je mehr Irre, desto besser das Fest.

27

VICTOR SERGE meinte: ***Sie träumen von einer Menschheit, welche durch den Sturz der alten Ordnungen augenblicklich friedlich und gut werden soll. Entgegen den Lehren der Geschichte und jeder Wahrscheinlichkeit träumen sie von einer kurzen, totalen Umwälzung mit einer strahlenden Zukunft.***

Mario hatte vorgeschlagen, sie sollten ins *Out Out* gehen, und keiner hatte etwas dagegen. Die einen, weil sie das Lokal nicht kannten, die anderen, weil sie wußten, daß diese Unterweltkneipe, eben weil sie keine echte war, als einzige einen überspannten Pater-Abbé, einen praktisch stummen Arbeitssoziologen, zwei Friseusen, Paul und Marios Bande aufnehmen würde. Nachdem er ausnahmsweise einmal keinen Gast ausgeraubt hatte, erwartete Mario, daß der Empfang dem Anlaß entsprechend sein würde. Sobald er sah, daß einer der sich gemein machenden Spießer bei ihrem Eintreffen die Augen zum Himmel verdrehte, packte Mario einen Stuhl und ließ ihn nacheinander auf alle besetzten Tische (etwa fünfzehn) knallen. Unnötig zu erwähnen, daß dies zum Debakel führte, sowohl von seiten der Küche als auch von seiten des Restaurants. Paul ging hinter die Kulissen und erläuterte, daß alle Schäden bezahlt würden und daß man es einem etwas genervten Kind aus dem Viertel nachsehen mußte. Nachdem diese Erklärung abgegeben und die übrigen Gäste vertrieben waren, wurde die Stimmung schnell entspannter. Sie setzten sich an die lange Tafel, die mitten in dem Raum prangte, wie es ihre Vorliebe und der Zufall wollten.

Nachdem offenbar keiner dem Pater-Abbé gegenüber am Kopfende Platz nehmen wollte, setzte Paul Mateo dorthin. Wie versprochen bestellte Mario den Champagner und Ramón die Musik und das Schwein. Die erste halbe Stunde verlief noch recht ruhig, danach entspannten sich die Nerven mit Hilfe der Musik und des Champagners ein wenig. Der Pater-Abbé stieg auf einen Stuhl und segnete das Mahl mangels eines Weihrauchfasses mit einem Salatlöffel: «... daß dieser Tag Zeuge sei, daß die Gerechten aufstehen werden und die Engel des Bösen besiegen ...» Ramon beendete das Gebet: «... UND JO RÄCHEN!» Zur Abwechslung fingen die Mädchen an zu tanzen.

Es lebe der Rock 'n' Roll.

Nach einigen Minuten rockten alle mit (außer Mateo), sogar der Pater-Abbé. Er lüpfte seine Kutte, um nicht darüber zu stolpern, und zeigte dabei seine haarigen Waden und seine Ledersandalen. Anastasia und Cheryl kicherten. Als das Schwein serviert wurde, entdeckten alle, daß sie am Verhungern waren, und stürzten sich gierig auf ihre Teller. Cheryl, die Paul gegenübersaß, hörte ihm beim Kauen zerstreut zu, wie er von seinem Viertel redete:

«Früher war das noch Land, dann hat der Hochadel hier seine Domänen gebaut. Im Sommer gab man Feste, und die Herren gingen zur Jagd. Wenn sie wüßten, was aus ihren Besitzungen geworden ist, würden sie sich bestimmt im Grab umdrehen. Und wer hier gewohnt hat! Sie wissen es wahrscheinlich nicht, Victor Serge hatte hier ein Haus, nachdem er das Viertel um den Platz Fernand Cocq verlassen hatte. Auch sein Freund Raymond-der-Geist, Mitglied der Bande von Bonnot. Und jetzt ...» Er schaute betrübt auf Mateo.

Auch am anderen Ende der Tafel war die Stimmung nicht besser. Mario versuchte, mit Tränen in den Augen Ramón zu trösten, der den Tod von Jo beweinte. Anastasia gab die Papiertaschentücher weiter, während Cheryl, nur um etwas zu sagen, nach Neuigkeiten von Angelos Frau fragte.

Felix beruhigte sie, daß sie gute Freunde um sich hatte (was sie keineswegs beruhigte). Sie eröffnete Paul ihre Sorgen hinsichtlich der Kinder und so weiter ...

«Ich möchte nicht, daß sie in dieser Gebetsmühle enden ...»

«Machen Sie sich keine Sorgen, ich passe auf», mit einer Geste in Richtung Felix. «Wenn die Frau möchte, können wir ihr bestimmt Geld vorstrecken, damit sie nach Italien zurückkann ... Bei ihrer Familie hätte sie mehr Unterstützung ...»

«Das würden Sie tun? Ich gebe Ihnen etwas von meinem Anteil, wenn Sie dafür sorgen könnten, daß es ihr zukommt oder den Kindern ...»

«Das ist nicht nötig.»

Mit Nachdruck gab sie ihm zwei große Hände voll Geld, die sie aus ihrer Plastiktüte holte (alle hatten die gleiche).

Am anderen Ende der Tafel trocknete Ramón gerade seine letzten Tränen. Um die Überdosis echter Gefühle zu vertreiben, forderte Cheryl ihn zum Tanz auf. Dann den Pater-Abbé. Mehrere Stunden lang tanzten, grölten, tranken, sangen, lachten, tranken, schmausten, tranken sie, während Mateo gleichgültig zuschaute.

Als sie das *Out Out* verließen (zur großen Erleichterung seiner Besitzer), war es halb sechs Uhr morgens, und Paul sagte, daß er Mateo nach Hause bringen wollte. Cheryl umarmte ihn herzlich und versprach, sie würde ihm bald schreiben oder ihn anrufen, um das Neuste von ihm zu erfahren. Sie gingen schnell auseinander, um weitere Tränen zu vermeiden. Anastasia klebte zu eng an Mario, als daß es ihrer Freundin entgehen konnte. Um nicht allein mit Ramón zurückzubleiben, der zwar nicht wirklich häßlich war, aber einfach nicht ihr Typ, verkündete Cheryl, sie würde den ersten Zug nach Paris nehmen. Als Ausdruck seiner Dankbarkeit bestand der Pater-Abbé darauf, sie zum Bahnhof zu begleiten, desgleichen Ramón, sein Chef und Anastasia. Cheryl hätte auf eine solche Eskorte gerne verzichtet, aber da sie darauf bestanden!

Unter völliger Mißachtung des maximal erlaubten Blutalkoholgehalts setzte Anastasia sich ans Steuer ihres Fiesta, und alle zwängten sich hinein. Als sie am Berlaymont vorbeifuhren, bekreuzigte sich der Pater-Abbé, und Cheryl erhob die Augen zu der Stelle, von der Jo heruntergefallen war, während Anastasia den Lenker heftig herumriß, um fünf schnellen schwarzen Jeeps auszuweichen, die gerade aus den hinteren Toren der Baustelle heranbrausten. Ganz offensichtlich hatten die Rohrreiniger vom Komitee Z ihre Arbeit beendet.

Der bewaffnete Arm hatte zugeschlagen, und die Bande von Mario war gerächt.

Jo konnte fortan in Frieden ruhen bis in alle Ewigkeit.

Als Cheryl in Anastasias Wohnung hinaufstieg,

um ihre Sachen zu holen, wagte sie nicht einmal, ihr Bild in einem Spiegel zu erhaschen. Sie vergewisserte sich, daß in einem Seitenfach ihrer Reisetasche ihre Fahrkarte lag, und versteckte das Geld unter einem rosa Pulli, den sie nicht getragen hatte. Anastasia und Cheryl küßten sich schon in der Wohnung unter Schwüren, daß sie sich bald wiedersehen würden, am Bahnhof umarmten sie sich wieder, während Pater Felix nach der Abfahrtszeit schaute. Alle fanden diese Abreise ein wenig überstürzt, aber Cheryl konnte sich nicht vorstellen, was sie sich nach acht Stunden Schlaf noch zu sagen hätten, zumal er bei einigen unruhig sein würde. Da wollte sie doch lieber zu ihrer rosa Tagesdecke und dem runden Hintern von Gabriel zurückkehren.

Auf dem Bahnsteig hatten die Pendler, die aus den Vorortzügen stiegen, nicht einen Blick übrig für den großen Typ mit struppigen schwarzen Haaren in seiner schwarzen Kutte aus grauer Vorzeit, der eine hübsche, leicht zerzauste Blondine von einem Meter siebenundsiebzig umarmte und sie dabei mit seinen langen Armen fest an sich drückte. Anastasia stand ein wenig abseits, neben Mario, der die Lippen zusammenkniff, um seine Rührung zu verbergen. Nachdem alle Cheryl umarmt hatten, setzen sie sie schließlich in den Zug und schauten ihm nach.

Adieu.

28

VICTOR SERGE meinte: ***Lieber als das Maschinengewehr haben diese Revolutionäre – unsere libertären Brüder – Girlanden aus Rosen, aus roten Rosen.***

Von den Bewegungen des Zuges gewiegt, strömten in Cheryls Kopf, vom Alkohol befördert, Bilderfluten, wo schwarze Kutten, weiße Overalls und ihre Schere durcheinandergerieten. Aber je weiter sie fuhr, desto unwirklicher kamen sie ihr vor, als liefe vor ihr ein Film ab, den sie vor einigen Jahren schon mal gesehen hatte und nun ganz ungerührt betrachtete. Zugleich fern und vertraut. Alles, was in den letzten paar Tagen geschehen war, gehörte auf einen anderen Planeten. Eine Nebenwelt im Kosmos, in die sie zufällig hineingeraten war. Um sich zu vergewissern, öffnete sie die Augen und sah um sich herum die Reihen mit gutgekleideten Geschäftsleuten, die früh am Morgen aufbrachen, um in Paris die Wirtschaft in Gang zu bringen. Nur als sie ihr Spiegelbild im rechten Fenster sah, fiel es ihr schwer, die muntere Chefin vom Salon Cheryl Coiffure wiederzuerkennen.

Das mußte sie noch vor der Ankunft ändern.

Nachdem sie 33 Zentiliter gekühlte Coca-Cola aus dem Minibar-Service getrunken hatte, begab sie sich, die Handtasche unterm Arm, in Richtung Zugtoilette. Als sie in den Spiegel blickte, seufzte sie auf und wühlte auf der Suche nach ihrem Schminketui und ihrer Bürste in ihrer Tasche. Beim Tasten umschlossen ihre Finger aber etwas anderes: eine kleine schwarze Ledertasche.

Scheiße!

Sie sah sich wieder, wie sie sie aufgehoben hatte, nachdem der Dicke sie hatte fallen lassen, kurz bevor sie seinen Oberschenkel mit ihrer Schere durchbohrte, und dann alles, was folgte, dieser ganze unbegreifliche Wahnsinn, der die Erinnerung an das Täschchen ausgelöscht hatte.

Ohne zu zögern (die Überraschung hatte sie die Sache mit dem Finger vergessen lassen), öffnete sie das Täschchen und heraus quollen … Bündel mit Dollars! (Guten Morgen, Europa!) Sie zählte sie rasch: mehr als genug, um ihre Neonreklame zu erneuern. Aus Ehrlichkeit dachte sie kurz an die Leute, die sie in Brüssel zurückgelassen hatte. Na gut, wenn sie eines Tages nach Paris kämen, würde sie sie zum Essen einladen … Außerdem, das Geld war die moralische und materielle Entschädigung für einen gesamten neuen Satz Scheren. Cheryl steckte die Scheine wieder in ihre Handtasche und warf das Täschchen in das WC, damit es irgendwo zwischen Brüssel und Paris verlorenging, dort, wo sie auch die unappetitlichen Details ihrer haarigen religiösen Reise zurückließ.

Trotz der Müdigkeit verlangte die Gewohnheit nach ihrem Recht, und trotz des Gerüttels verließ sie die Toilette zwanzig Minuten später eher … gutaussehend. Wenn man bedenkt, was sie hinter sich hatte.

Eineinhalb Stunden später setzte sie ihren Fuß auf einen Pariser Bahnsteig. Gewohnheitsmäßig nannte sie dem Taxifahrer die Adresse des *Pied de Porc à la Sainte-Scolasse*. So konnte sie wenigstens Maria über ihre Unversehrtheit beruhigen.

Ihr blieb nicht einmal Zeit, ihren Auftritt im Restaurant vorzubereiten, Gérard öffnete schon die Tür, während sie noch das Taxi bezahlte:

«Ah, die Schönste ist wieder zurück! Endlich ein Sonnenstrahl in diesem herbstlichen Grau.»

Er eilte ihr voran ins Café, und Maria kam, um sie zu umarmen.

Nachdem sie eine halbe Stunde lang den erwähnbaren (schwächeren) Teil ihres Besuchs in Brüssel erzählt hatte, gab Cheryl vor, sie müsse nach ihrem Salon sehen, um wegzukommen. In der Rue Popincourt war gerade Madame Jocelyne an der Reihe, und Mireille kümmerte sich um die Farbe der Drogistengattin. Alles ging also seinen Lauf, und Cheryl konnte sorglos ein paar Stunden im Obergeschoß verschwinden.

In ihrer Wohnung fand sie überall Spuren von Gabriel, aber da die Zeitung zusammengefaltet auf dem Küchentisch lag, erriet sie, daß er weg war. Während sie ihren Knoten löste, überflog sie, auf den Kühlschrank gestützt, die Seite «Aus aller Welt», und blieb an folgenden Zeilen hängen:

«... Innerhalb des Sonderberichts über Europa wurde in unserer gestrigen Ausgabe ein Arbeitsunfall auf der Baustelle des Berlaymont erwähnt. Das europäische Gebäude mitten im Herzen von Brüssel wird im Augenblick ...», Cheryl ließ die Details aus, die sie nur zu gut kannte, «... entgegen den ersten Feststellungen, die vor Ort getroffen wurden, hat die Autopsie an diesem Montag ergeben, daß der Arbeiter durch zwei Kugeln in den Kopf getötet wurde. Rätselhaft ist auch ...»

Cheryl wußte jetzt, wohin Pulp aufgebrochen war.

Vielleicht würde Jo ein zweites Mal gerächt.

Oder Mateo.

Oder die Beamten, die in diesem verwünschten Gebäude vergiftet worden waren.

Oder Victor Serge.

Es war nicht schlimm, es gab ihr ein wenig Zeit, zu vergessen und sich eine neue Farbe für ihren Salon auszusuchen. Oder sollte sie sich vielleicht Sessel aus rotem Moleskin anschaffen?

Was VICTOR SERGE angeht, er meinte (lange nach seinem Tod): ***Nicht einmal Gott hat meine Seele bekommen.***

Glossar:

Victor Serge, eigentlich Victor Kibalchich, geboren 1890 als Sohn russischer Exilanten, starb 1947 im politischen Exil in Mexiko. Zeitweise Anarchist, Syndikalist, Bolschewik, Linksoppositioneller (gegen Stalin) und unabhängiger Sozialist, kämpfte Victor Serge sein Leben lang gegen den Kapitalismus, aber ebenso gegen jede Einschränkung seiner Freiheit zu denken, was er wollte, und zu kritisieren, was er für falsch hielt. Abgesehen von einer kurzen Zeit als Offizieller der Komintern, blieben ihm die Organisationen, denen er angehörte, stets potentiell verdächtig. Dies brachte ihm u. a. zehn Jahre Gefangenschaft ein (fünf davon in Frankreich), und viele mehr auf der Flucht.

Zu seinen Werken zählen neun Romane (zwei davon verschollen), einige Kurzgeschichten und Gedichte, autobiographische sowie geschichtliche und politische Schriften. Die bekanntesten sind, von seinen Erinnerungen, «L'Autobiographie d'un Révolutionnaire» und der Roman «L'Affaire Toulaév».

Die Victor-Serge-Zitate (übersetzt von Beate Thill) stammen aus dem Buch «Ce que tout révolutionnaire doit savoir de la répression», Éditions François Maspero, Petite Collection Maspero, Paris 1977.

Guillaume Apollinaire, eigentlich G. A. de Kostrowitsky, geboren 1880 in Rom und gestorben 1918 in Paris, hat als Essayist die kubistische Malerei bekannt gemacht und in Lyrik, Erzählung und Drama den surrealistischen Stil mit geschaffen.

Die Verse von Guillaume Apollinaire sind ebenfalls größtenteils von Beate Thill übersetzt, mit Ausnahme des Zitats auf Seite 54 aus dem Gedicht «Milchstraße», das von Johannes Hübner übersetzt wurde, in: Guillaume Apollinaire, Poetische Werke/Œuvres poétiques. Luchterhand, Neuwied/Berlin 1969, S. 77.